Guardavidas presidencial

Illyns García

Guardavidas presidencial

Editado por: Corporación Ígneo, S.A.C.
para su sello editorial Ediquid
José Olaya 169, Ofic. 504, Miraflores. Lima, Perú
Primera edición, junio, 2024

ISBN: 978-612-5142-90-0
Impresión bajo demanda

Hecho el Depósito Legal en la Biblioteca Nacional del Perú N° 2024-05003
Se terminó de imprimir en junio del 2024 en:
ALEPH IMPRESIONES SRL
Jr. Risso Nro. 580 Lince, Lima

www.grupoigneo.com
Correo electrónico: contacto@grupoigneo.com | Teléfono: +51 955 071 270
Facebook: Grupo Ígneo | X: @editorialigneo | Instagram: @grupoigneo

Colección: Nuevas Voces

Contenido

Dedicatoria

Con especial agradecimiento para Oscar M.,
para Pablo H., y Para Sergio K.,
porque con sus comentarios
y consejos pude darle forma a mi fantasía.

Prólogo

Ya se ha hecho una rutina, un tanto sedentaria en mi vida, después de la jubilación hace cuatro años; me levanto tarde, desayuno un par de huevos, un vaso con leche y una rebanada de pan. Después, voy al gimnasio, donde alterno tres series de abdominales, con bicicleta fija, remato con quince minutos de vapor, a más o menos 48°, me aseo y a casa para almorzar.

Por las tardes, me pongo a leer un libro, me gustan las novelas históricas, o utilizo la computadora para escribir poesías. No tengo ni idea de la métrica o la rima, soy lírico y solo busco que no se escuche monótono, sino más bien, ligero y claro. También escribo artículos políticos de cuatro cuartillas, como máximo, los mismos que no publico, por temor a que suspendan mi pensión, ya que de ella depende nuestro sustento familiar. Ya oscureciendo, enciendo el televisor para ver alguna película de acción o serie histórica y me voy a la cama cuando empieza el noticiario de la noche. Lo escucho, en especial, para conciliar el sueño. Hay eventos, sobre todo gubernamentales, que son omitidos, por las mismas razones que tengo; también los periodistas cuidan su trabajo.

Cuando era joven, me expresaba con bastante habilidad en las tribunas o impartiendo las asignaturas que me tocaban, mientras practiqué la docencia, sobre todo, porque conocía, a la perfección, los temas sobre los cuales hablaba o los estudiaba a conciencia y los desarrollaba con destreza y soltura. Pero conforme pasaron los años y sin la práctica constante, he ido perdiendo esos atributos. No así cuando me propongo escribir cuanto me viene a la mente y la situación por la que están atravesando algunos países en el mundo, ha puesto en marcha mi fantasiosa imaginación.

Illyns García

Capítulo I

El encuentro

Al revisar mi móvil este lunes, mientras desayuno, observo ocho mensajes de texto con las mismas frases en todos: «urge entrevistarme contigo», «deja encendida la luz del porche cuando te enteres», todos de un teléfono desconocido. Lo primero que se me viene a la mente es borrar esos mensajes; de alguna forma me podrían comprometer en algo que, por el momento, desconozco y, si la intención era captar mi atención, ya la tiene. De nada sirve tratar de deducir, por el mensaje, cualquier relación con su remitente, lo que sí me queda claro es que quien lo escribió, me ha estado observando con anterioridad, puesto que yo nunca prendo la luz del porche; me basta con el alumbrado público de la calle.

Este asunto me inquieta lo suficiente como para alertar mis sentidos; la forma tan misteriosa de iniciar un contacto, me indica que debe tratarse de algo muy importante, de no ser así, ¿por qué no franquear un encuentro directo, sin tanto rodeo? Me detengo frente al contacto de encendido del porche, dudo si debo oprimirlo o no, pero decido hacerlo. Deduzco que el personaje misterioso sabe que estoy en casa y que ya he leído los mensajes. A partir de este momento, mi rutina se va a alterar, por lo pronto, y hasta que no descubra su identidad, estaré en máxima alerta, así que recojo mi pequeño arsenal, que consiste en un viejo fusil automático M16 A 2, calibre 5,56 por 45 mm, en su versión corta, y que guardo envuelto en una funda de franela color marrón, así como una pistola escuadra Colt, calibre 45 centésimos de pulgada 1911, envuelta en un lienzo de franela del mismo color. También tomo una caja con cincuenta cartuchos para la pistola y siete cajas con veinte cartuchos calibre 5,56 por 45 mm cada una y al pasar por la cocina, Ana Lisbeth me sale al encuentro.

—¿Que pasa cariño? ¿Hoy no irás al gimnasio?

—No, tengo algunas cosas que hacer.

—¿Debo inquietarme? ¿Llevas tus armas a algún lado?

—Quédate tranquila, es solo cuestión de limpieza y mantenimiento, el día de hoy me quedaré en casa.

—Me dices si necesitas algo.

—Si.

Primero, abastezco los tres cargadores de la pistola e inserto uno en el arma; corto el cartucho, le pongo seguro, dejándola sobre la mesa de trabajo y procedo al desarme y limpieza del fusil. Cuando termino, abastezco un cargador del M16, lo encastro en el arma, acciono el mecanismo y le pongo el seguro. Tomo la pistola, le quito el cargador y la acciono para extraer el cartucho de la recámara y lo abastezco, de nuevo, en el cargador, para continuar con su desarme y limpieza. Todas las medidas de seguridad se deben guardar para no exponerse a un accidente que pudiera ser fatal. Al terminar, preparo, otra vez, mi pistola y me dirijo a la sala y, de paso, apago la luz del porche. Quien quiera que sea, ya debió de advertir la señal y a mí me interesa observar, desde la sala, la puerta de entrada. Quisiera pillar al sujeto.

—¿Vas a quedarte aquí más tiempo? ¿No quieres que te prepare algo antes de que suba a la recámara?

—Gracias. No, descansa que ya subiré más tarde.

Desde que me jubilé, paso más tiempo en casa y lo disfruto mucho, aunque extraño la actividad física que desarrollaba antes, porque cuando no estaba cubriendo una misión, continuaba entrenándome o entrenando a otros.

Los nacidos antes del año 1975 fuimos una generación muy inquieta. A los diecisiete años ya me estaba abriendo camino en la vida, fuera de casa. Incursioné algunos años en el servicio castrense de mi país y fuera de él. También en el policíaco participé en eventos deportivos; tuve oportunidades docentes, aprendí mucho de la vida y ahora que la edad me está alcanzando, aun me quedan fuerzas.

El entrenamiento en mi país fue una experiencia maravillosa que duró un año en los cuarteles militares, por lo que decidí permanecer en la milicia. Con un adiestramiento mucho más duro me enrolé en las filas de los Marine Corps en Quántico, Virginia.

Conocí a Ana Lisbeth en el hospital militar, donde ella hacía labores odontológicas y yo tenía que pasar por los chequeos anuales. Me enamoré y al poco tiempo contrajimos nupcias; luego, vinieron mis dos hijas, tan hermosas como su madre: Ana Laura y Sylvia, ambas casadas desde hace tres años, justo cuando me llegó la jubilación. Mientras vigilo la entrada de mi casa me llegan esos gratos recuerdos, y me recreo en ellos, para hacer más placentera mi vigilancia y, como era mi costumbre, cuando me tocaba algún turno de vela, con una taza de café.

En cuanto comienza a oscurecer, un sedán gris se detiene unos treinta metros antes de la vivienda de Iván, del que baja una persona cubierta con una capucha que se dirige, amparado por las sombras, hacia la casa marcada con el número 414. Se introduce, de forma sigilosa, dentro del estrecho pasillo que rodea la casa y al llegar a la puerta que da acceso a la cocina, desliza un sobre color manila por debajo y se retira, también, de manera sigilosa, del lugar.

No recuerdo cuando fue la última vez que pasé una noche como esta, sentado en una silla y a ratos dormitando, sin que sucediera algo en el porche o, cuando menos, que yo me diera cuenta. Estuve en esa posición hasta el amanecer, cuando me levanto del cómodo sillón y me dirijo a la cocina para prepararme otro café. Ahí es cuando descubro un sobre manila en el piso, a un lado de la puerta de servicio. Solo tiene escrito con letras de molde mi nombre y en su interior, una tarjeta pequeña con letra casi ilegible que dice: «miércoles 11:30 horas café Flamencos» o sea que tengo más de 24 horas antes de la cita, tiempo suficiente para recuperarme de la vela de anoche.

Las oficinas del bufete jurídico Falcón y Asociados ocupan la totalidad de un enorme edificio de una sola planta, en el centro de la ciudad. Por estas oficinas transitan una buena cantidad de personas: clientes, pasantes, secretarios y abogados que, estos últimos, en cantidad, suman catorce. Todos son dirigidos por el licenciado Daniel Falcón, un hombre que ronda los cincuenta años, de abundante cabello entrecano, bien parecido y elegante vestimenta, que había heredado de su padre el oficio y el prestigio del bufete.

Al entrar, a seis metros de la puerta, se encuentra ubicado un módulo de información, recepción y conducción, atendido por dos edecanes. En el interior, y a ambos lados del módulo, una banda de rayos X para que, quienes ingresan al edificio, coloquen sus maletines o bolsos; enseguida, dos arcos detectores de metales, atendidos por cuatro personas de seguridad. Luego, dos grandes puertas de cristal opaco que se deslizan al detectar movimiento; la de la izquierda en la parte superior tiene escrito «Asuntos Penales» y la de la derecha, «Asuntos Mercantiles».

En las salas se identifican tres hileras de escritorios en cada una de ellas; al fondo se encuentran las oficinas de los abogados, ocho en el ala izquierda y seis en la derecha. En cada una de ellas, justo junto a las puertas, se vislumbran los escritorios de las y los secretarios. Al fondo hay un pasillo compartido por ambas salas y que termina en un salón rectangular con una gran mesa ovalada, rodeada de veinticinco cómodos sillones. Luego, se identifica otra puerta más, que da acceso a la oficina de Falcón y por último, la puerta sin manija, pero con doble chapa que comunica con un amplio espacio, donde se ubica una larga mesa ocupada, en su totalidad, con equipos electrónicos y comunicación. Al parecer, es un pequeño cuartel de inteligencia.

El café Flamencos a las 11:00 de este miércoles, está semilleno de clientes; la mayoría son personas en edad avanzada y en el penúltimo gabinete hay una pareja que, seguramente, quiere pasar desapercibida, ya que al pasar un par de minutos la dama se levanta y sale del establecimiento. Cinco minutos más tarde, lo hace el caballero. En cuanto un empleado termina la limpieza de la mesa y se retira, la persona que se encuentra en el último gabinete, lo ocupa dejando su servicio encima, para regresar a su *booth*; pero enseguida llama la atención de un mesero para pedirle que le traiga al hombre, que recién entra al café, y que permanece parado cerca de la puerta como buscando un lugar o a alguien.

No tuve problema para llegar al café, puesto que conocía su ubicación y encontré un buen lugar para estacionar mi auto. Por un lado, no quería mostrar mi impaciencia llegando demasiado temprano, pero tampoco intentaba llegar tarde, así que entro al café, me paro cerca de la puerta y busco con la mirada alguna señal, hasta que se me acerca un mesero.

—Permítame señor, lo llevo a su mesa. Sígame por favor.

—Buenos días, Iván.

Me sorprende una persona cuando llegamos al fondo del restaurante, tendiéndome la mano. Al tiempo que se la estrecho, con la otra mano me hace un ademán para que me siente justo frente a él. Le ordena al mesero dos cafés y unas rosquillas, para que se retire a traer el servicio.

El hombre rondaba los cuarenta años, de frente amplia, ojos castaños, con un delgado y bien arreglado bigote bajo una nariz recta. De piel apiñonada, agradable presencia y enfundado en un fino traje de color azul obscuro, me recuerda a las personas que, con un golpe de vista, inspiran respeto y confianza. Me percato de que ha dejado un espacio vacío, con seguridad, para evitar que otras personas puedan escuchar la conversación que vamos a tener.

—¿Está bien un café con una rosquilla?

—Solo el café, gracias, pero... dime —le susurro, porque entiendo que este asunto está envuelto de secrecía—. ¿Quién eres, de dónde me conoces y qué pretendes de mí?

—Todo a su tiempo, te informo que hemos...

—¿Que hemos? —le interrumpo—. Ahora, ¿cuántos más están en esto? Y, ¿qué es lo que quieren?

—Todas tus interrogantes quedarán contestadas durante esta entrevista y, si me lo permites, continúo diciéndote que somos una organización no gubernamental muy poderosa, desde el punto de vista económica, política y social. Estamos eligiéndote porque tu perfil es el mejor que hemos encontrado, entre muchos, para llevar a cabo la misión que nos interesa y que es crucial para el buen desarrollo del país. Estás en excelente condición física, tu currículo no puede ser mejor, ya que cuentas con un magnífico entrenamiento, eres sensato y cuidadoso. Te mimetizas con mucha facilidad y dispones de todo tu tiempo, sin tener que dar cuenta a nadie. Tu vida laboral activa no conoce errores en la ejecución de las misiones, que te fueron encomendadas, y eres bueno para moverte de manera independiente. Eres discreto y muy confiable y podríamos seguir mencionando los motivos que responderían a la pregunta de: ¿por qué tú?

—Mmm.

Es la única respuesta que se me ocurre. La verdad es que me incomoda mucho, cuando escucho solo elogios hacia mi persona. Suspendemos la conversación porque, en esos momentos, llega el mesero que coloca la charola sobre una mesita plegable que trae consigo. Luego, deposita sendas tasas con café frente a cada uno y un plato con tres rosquillas en el centro de la mesa.

—Si desean algo más, háganmelo saber.

—Gracias. —contestamos ambos casi al mismo tiempo. Mientras se aleja, retomamos la conversación.

—Esta misión es temporal, solo durará hasta el relevo presidencial. Después de eso, podrás incorporarte al grupo o regresar a tu vida en familia, como hasta ahora. ¿Te queda claro que te estamos ofreciendo un trabajo?

—¿Se puede saber en qué consiste ese trabajo?

—Evitar que asesinen al presidente.

—No, no cuenten conmigo. Desconozco cuáles son sus tendencias políticas, pero a mí no me interesa proteger al presidente, es un hombre que ni siquiera merece mis respetos, no me importa lo que le pase.

—Tampoco a nosotros nos interesa protegerlo, solo evitar que lo maten durante su mandato. Claro que, si muere por una enfermedad, eso no podríamos evitarlo. Lo queremos sentar en el banquillo de los acusados, su muerte a través de un magnicidio sería lo más dulce que le pudiera ocurrir.

—Pero de aquí a que termine su mandato, seguirá cometiendo delitos, violentando la constitución, las demás leyes y al pueblo, incluyendo a los que creen en él. Lo mejor es que termine de una vez su tiranía y que si lo quieren matar, que se apuren.

—Es que aún no has comprendido que, matándolo es como perpetuarlo en el poder a través de otro. Se le otorgarían los honores como jefe de estado y todos sus delitos y fechorías quedarían impunes.

—¿Quién nos asegura que, cuando termine su mandato, no estará protegido y se seguirá burlando y escapando de la justicia?

—De eso nos encargaremos nosotros, tenemos ya un extenso *dossier,* aquí en el país y ante la Corte Internacional de Justicia, del que no podrá salvarse, aun cuando en las siguientes elecciones, quede alguien impuesto por él. Nada podrá hacer para protegerlo, una persona que ha llegado hasta dónde está y cae en desgracia, pierde amigos, aliados y hasta simpatizantes. En cuanto entregue la presidencia, se convertirá, junto con algunos familiares y miembros de su gabinete, en una persona muy vulnerable. Ya hemos tomado todas las precauciones para que su captura se realice en los primeros momentos, después de que entregue la presidencia.

—Puede darse el caso de que pretenda no entregar el cargo.

—Después de pasadas las elecciones, si queda alguien impuesto por él, pensará que lo podrá proteger, pero nada podrá detener la justicia. Son otras las instancias que están promoviendo las acusaciones y el nuevo presidente se cuidará de no meter las manos para impedir la acción penal; lo mismo ocurrirá, si el electo resulta ser del partido opositor. Es importante lo que pretendemos con él, sin embargo, ya tenemos preparadas las demás acusaciones en su contra, y la de por lo menos seis de sus parientes y cuatro funcionarios de su gabinete.

—¿Si huye del país, buscando asilo político? Hay, por lo menos, tres países que lo recibirían gustosos.

—Esa posibilidad ya tiene candados, los delitos que, a diario, comete la van sellando, cada vez más, y no podrá pedir asilo político, puesto que no será un perseguido por sus convicciones políticas, sino por los delitos que viene cometiendo. Tampoco podrán nombrarle en algún cargo que pudiera darle inmunidad, en tanto no entregue la presidencia.

—De aceptar, necesitaré formar un buen equipo de trabajo; ustedes saben, ojos y oídos en todos los niveles, analistas y ejecutores, una buena cantidad de dinero para los recursos que se requieran, armamento y explosi...

—No se trata de ir dejando un reguero de cadáveres y si, el equipo de trabajo que mencionas, somos nosotros, quiero decir, la organización, contamos con suficientes recursos humanos y equipos electrónicos a lo largo y ancho del país. Nuestro equipo de inteligencia te proporcionará toda la información que necesitarás saber, tú serás el único ejecutor solitario. Te diremos el qué y el cómo, eso será tu responsabilidad, de acuerdo con tu criterio y sin límite de acción. ¿Qué decides?

—Aún quedan algunas interrogantes: ¿cómo me harán llegar la información?, ¿con quién me comunicaré? Lugar y horario de labores, así como honorarios.

—Se observará que en tu cuenta bancaria ya existe un depósito y la misma cantidad se depositará mensualmente, salvo que necesites extra para imprevistos. Podrás pedirlo mediante la clave «kilos» seguida de la cantidad; en cuanto al lugar y al horario de las tareas, deberás continuar como hasta ahora, con tu rutina diaria, solo pendiente de la información que se te hará llegar. Aquí tienes un móvil programado para que solo lo usemos; desde entonces, tu nombre es 78, precedido por la letra Q para los días pares y Z para los días nones y tu marcación será 16, precedido por las mismas letras. Si te llegaran a sacar información, solo dales el número y así sabremos que no eres tú el que se comunica, para que tengamos las respuestas apropiadas, sin comprometer a la operación. Puedes marcar ahora, para que sepan que aceptas o devolverme el móvil, sin consecuencias.

Sin dudarlo más, marco Z16 y en cuestión de segundos recibo un mensaje que dice: «bienvenido al grupo». Mi interlocutor me estrecha la mano, a manera de despedida, me levanto de la mesa y a los dos pasos, me detengo y volteo hacia él:

—Perdona, ¿cuál es tu nombre?

—Sesenta y cuatro —me contesta y sonríe, le devuelvo la sonrisa y continúo mi camino hacia la salida.

Todo me queda claro ahora y encuentro muy razonable que se intente conservar la vida del presidente para que sea la justicia, quien se encargue de ajustar cuentas en su debida dimensión, por todos los atropellos y pillaje que, en nombre de su investidura, está cometiendo. Este país está tan radicalizado, desde un punto de vista ideológico, que habrá más de uno que intente asesinar al culpable y ese culpable no es otro, que nuestro mandatario.

Capítulo II

Nuevamente detenido

Llevo cinco días en mi nuevo empleo, sin recibir alguna llamada en el móvil y aun cuando sigo con mi rutina diaria, ya muestro cierta impaciencia, lo que no ha pasado desapercibido para Ana Lisbeth, que me conoce a la perfección después de tantos años de matrimonio.

—Mientras terminas tu desayuno, me puedes contar que está pasando por tu cabeza que no quieres o no puedes decime.

—De eso quería hablar contigo, solo que no encuentro la forma de empezar y que no resulte confuso para ti.

—Pues comienza como sea que, si no te entiendo, ya te estaré preguntando.

—El asunto es que conseguí un nuevo empleo.

—¿Cuándo te tienes que presentar?

—Ya lo hice desde el miércoles pasado, pero no me han llamado; es decir, que mi trabajo es como guarda personal, pero, por este móvil me van a proporcionar la información que necesitaré y aun no lo han hecho.

—Ahora sí que, en verdad no entiendo, ¿a quién tienes que cuidar?

—Al presidente.

—¡¡¡Qué!!! Pero si tú aborreces a ese hombre, no alcanzo a comprender por qué aceptaste ese trabajo.

—Porque lo aborrezco. Tengo razones suficientes como para evitar que le pase algo, mientras dure su mandato. Sé que no lo entiendes, pero no tengo autorizado decir nada más, vas a tener que confiar en mí.

—Si lo dices tan seguro, me atrevo a pensar que puede haber algo más conveniente para el país, que permitir lo que sea, pero que desaparezca. Sabes que cuentas con mi apoyo.

—Nunca me has dejado de apoyar, lo sé, pero el desarrollo de este trabajo, con seguridad, dejará muchas dudas y, en ocasiones, ganas de dejar que pase lo que tenga que suceder.

—Sin embargo, te prometo que llegaré contigo, hasta donde tú quieras llegar.

—No lo dudo ni tantito, desde que nos casamos, siempre hemos hecho un solo equipo. Gracias.

Esa noche dormí intranquilo, mejor dicho, dormité. A veces me sucede que, cuando tengo algo que me da vueltas y vueltas en la cabeza, tardo en dormirme. Al no poder conciliar el sueño, después de las cuatro de la mañana, me visto, le doy un beso a mi mujer sin despertarla y salgo a la calle. Tomo mi auto y me dirijo a la residencia oficial del presidente; deseo observar su rutina y justo cuando estoy por estacionar el auto, a unos treinta metros de la casa, salen, por un amplio portón, dos automóviles negros de la marca BMW X5 protection VR6, con motor V8 biturbo, de 530 caballos de fuerza. Los sigo a distancia, hasta llegar a la puerta lateral del Palacio de Gobierno, la que es franqueada para que ingresen los autos blindados, sin detener la marcha.

Ocho minutos después del ingreso de los automóviles, se enciende la luz del tercer balcón a la derecha del central, en el segundo piso. Es ahí donde, con seguridad, está la oficina del presidente, lo que corroboro, porque lo veo asomarse en dos ocasiones, durante las tres horas de mi vigilancia.

Me dispongo a salir del auto para comprar un café, cuando timbra el móvil y aparece un mensaje de Z16: «abandona vigilancia, paquete de información incluye rutina presidencial». Ya no me queda duda, el servicio de inteligencia con el que cuenta la organización, es bastante eficiente. Hasta yo soy objeto de seguimiento.

La prisión de la ciudad, situada al oriente de la entidad, abarca un amplio espacio, rodeado por una barda coronada por una concertina de navajas. Esa mañana, el recinto abrió su puerta para liberar a Jeremías Lemus, un hombre de unos treinta y cinco años, que ingresó siete años antes, sentenciado por su comprobada participación en asaltos bancarios. Nadie lo espera, pero no le preocupa, ya que su pareja Irene, había dejado de visitarlo en prisión hacía dos años, pese a los planes que tenían de casarse, en cuanto él obtuviera su libertad.

Solo pensaba que se había cansado de esperar y lo había abandonado. Algo no le había gustado en las últimas visitas que tuvo de ella y era que la había visto muy desmejorada, desde lo físico, y en su arreglo personal. Suponía que debía estar agobiaba por tener que trabajar en el servicio doméstico, para satisfacer el problema alimentario. Ambos habían ahorrado plata y compraron un departamento que antes había sido un hotel de paso, muy viejo y en desuso. Cuando pusieron a la venta, a precios accesibles todas sus habitaciones, después de pequeñas remodelaciones, pudieron hacerse de este pequeño lugar.

No tenía prisa, quería sentir el deambular por la ciudad con entera libertad, así que caminó por sus calles, disfrutó cada paso que dio, como si el aire que respirara afuera fuese diferente al aire de la prisión. Llegó a la fachada de una edificación de dos pisos, con una escalera al centro, protegida por un pasillo de seis metros de ancho, por cuatro de profundidad, para continuar con un recorrido de cinco metros hasta la parte trasera del edificio.

Allí había dos escaleras más; una a cinco metros a la derecha y la otra a cinco metros a la izquierda del centro y alineadas a la fachada, hacia los extremos.

Luego, cuatro puertas, de derecha a izquierda del segundo piso, estaban flanqueadas por cinco ventanas. El primer piso, del centro hacia el extremo, comenzaba con una doble puerta de cristal seguida de dos vitrinas, que casi llegaban al nivel de la banqueta, donde se ubicaba una tienda de autoservicio, que terminaba al fondo, hasta la parte posterior del edificio. Le seguían dos puertas más con tres ventanas y en la parte posterior, se repetía la distribución.

Todo estaba igual a como lo recordaba, así que cruzó el área que permite el estacionamiento de autos y el pasillo central del edificio. Subió las escaleras y se detiene en el número 27. De la bolsa de la camisa extrajo una llave con la que ingresó al departamento, al mismo tiempo accionó el interruptor de la luz. Sin embargo, no se iluminó la estancia, así que, corrió las cortinas de la ventana. Todo parecía en orden, pero sí fue notorio el abandono prolongado por la ausencia de Irene.

Algo que notó al revisar la vivienda, que le llamó mucho la atención, fue que la ropa y las pertenencias de Irene estaban en su lugar. Si había pensado abandonarlo, ¿por qué habría dejado sus pertenencias? Incluso, había un relicario que contenía la fotografía antigua de una dama de aparente alta sociedad que, a decir de ella, lo había recibido de su abuela y del que no se desprendería por nada del mundo. Sin pensarlo más, entró al baño y retiró un pequeño extractor de aire que servía como trampa para un hueco en la pared y del que sacó una faja de billetes. No era una fortuna, pero también estaba como lo había dejado. Si Irene sabía su localización, ¿por qué no retiró esa plata? Todo era muy confuso y más aún cuando ya tenía sepultado el dolor de no saber más de ella. Ahora estaba decidido a investigar lo sucedido.

Con paso apresurado entró a la tienda de autoservicio, preguntando por un empleado que llevaba tiempo trabajando ahí. En seguida le dieron la respuesta y le señalaron a un hombre gordo, de piel muy blanca, con las mejillas enrojecidas, como si el frio las hubiera quemado, de forma sutil. Rondaba los cuarenta años y se movía con cierta lentitud; en esos momentos, estaba acomodando unos frascos de mermelada en el mostrador.

—Buenas tardes, señor...

—Samuel Jaimes —le interrumpe— ¿en qué puedo servirle?

—Pues verá señor Jaimes, no quisiera importunarlo, pero me dicen que lleva varios años en esta tienda y sé que me puede ayudar con cierta información.

—Con gusto, dígame usted.

—¿No sé si conoció a una mujer joven que vivió en el número 27 de este conjunto habitacional, de nombre Isabel?

—La recuerdo, a la perfección, porque ella surtía su despensa en este establecimiento y porque falleció hace como seis meses, en el departamento que usted menciona.

—¡¿Falleció?! —lo interrumpió— ¿Cómo?

—Perdone, pensé que usted sabría y por lo que noto, eran cercanos, ¿no es así? Reciba pues, mis condolencias.

—¿Podría ser más específico? Le agradecería no omitir detalles, por muy dolorosos que estos sean.

—Tiempo atrás enfermó de algo muy grave, pues era notorio su deterioro físico, pero, según se comenta, inició un tratamiento en un hospital de beneficencia. Al hacerlo, se le notaba una mejoría y los dolores que la aquejaban ya comenzaban a desaparecer. Pero hubo recortes en el sector salud y al parecer, ya no había medicamentos en el hospital para ella, aun cuando los buscó en otros hospitales de bajo costo. A pesar de que le comentaron que pronto llegarían los suministros de medicinas, estos nunca llegaron, así que le regresaron sus terribles dolencias y una mañana, los vecinos reportaron a las autoridades que, del número 27, salía un fuerte olor a gas. Los primeros en llegar fueron los bomberos, quienes encontraron a la mujer, ya sin vida y recostada sobre su cama. Después llegó el forense y retiraron el cuerpo para llevarlo a la morgue.

—¿Sabe dónde la sepultaron? ¿Quién quitó los medicamentos?

—También se dijo que, como no hubo alguien que reclamara su cuerpo, fue sepultada en la fosa común. El recorte al presupuesto fue ordenado por decreto presidencial.

—¡Ese hijo de puta! —sentenció— ¡ya estás muerto, presidente!

En ese instante, cae de rodillas cubriéndose la cara para ocultar su dolor.

En las computadoras del cuarto de inteligencia de Falcón y Asociados empezó a fluir información, que no era del orden jurídico, sobre un individuo que, de forma potencial, podría significar una amenaza contra la figura del presidente. Así que comenzaron a girar órdenes para dar seguimiento a ese foco amarillo.

La primera noticia que llegó fue la de un informante que escuchó a un exconvicto que, en un lugar público, había manifestado un acto de venganza en contra del mandatario. Desde entonces, se le asignaron investigadores que lo seguirían todo el tiempo y entre los que se encontraba un joven que vivía en el número seis del mismo conjunto habitacional y que dio el aviso, ya que se encontraba haciendo su compra en la misma tienda donde se cometió el exabrupto.

Durante dos días, la información que llegó al centro de inteligencia carecía de indicios que tuvieran importancia, pues Jeremías acudió a las compañías de electricidad y de gas para restablecer el servicio en su vivienda.

El tercer día llegó un reporte, donde informaban que había acudido a los únicos dos establecimientos que vendían armas de fuego en la ciudad y de los que salió con las manos vacías, por dos razones muy importantes: no contaba con dinero suficiente como para comprar un arma y no portaba con el permiso correspondiente, ya que, por haber salido de un centro penitenciario, no podría obtenerlo.

También se vio en la necesidad de buscar trabajo; la plata que tenía, solo le alcanzaría para un par de semanas, así que acudió a una agencia de colocaciones. No era mucho lo que podía ofrecer, ya que, cuando cursaba su primer año de universidad murió su padre, que era quien costeaba sus estudios, con mucha dificultad y privaciones.

Su madre había muerto dos años antes, entonces abandonó su preparación profesional para dedicarse, en un principio, a ser aprendiz de ladrón, hasta convertirse en asaltante de bancos y por su condición de exconvicto, limitaba mucho a las empresas para contratarlo. Sin embargo, a los dos días de haber ingresado su solicitud, le informaron que podía trabajar en una gasolinera, como despachador de combustible.

Desde el principio entabló amistad con Hilda y su hermano Jonás, que trabajaban en su mismo turno, así como con Hugo, que ingresó un día después. Solían acompañarse a sus hogares cuando finalizaba su horario de labores, puesto que los cuatro vivían muy cerca uno del otro.

En cierto momento, al despachar combustible a un automóvil, observó que el conductor portaba una pistola dentro de una funda sobaquera, por lo que entabló una breve conversación con él.

—Sin intención de molestarle, ¿sabe de algún lugar en el mercado negro donde pueda comprar alguna pistola usada? Requiero una de bajo costo para protección de mi hogar.

—A no ser que la consigas en las dos armerías que hay en la ciudad, puedes preguntar en el barrio de «valle verde» donde algunos conocidos han comprado, sobre todo, municiones. Pero ten mucho cuidado, ahí vive mucha gente que se dedica al pillaje.

—Gracias señor, lo tendré presente —volteando hacia Hugo, que estaba a escasos cuatro metros de él, le pregunta—: ¿me acompañas?

—Seguro.

Eso le daba una magnífica oportunidad para saber las pretensiones de Jeremías de primera mano e informar a la organización. Esa misma tarde, al entregar su turno, se disculpó con Jonás e Hilda por no acompañarlos y en compañía de Hugo, partió hacia el oeste de la ciudad. Ya en el barrio, abordaron un taxi, porque son los conductores de los taxis, los que mejor conocen el movimiento del bajo mundo local.

—¿A dónde los llevo? —les pregunta el conductor.

—A donde usted conozca que pueda comprar un arma usada, a bajo costo. —le replica Jeremías.

—Hay un lugar, pero no los van a dejar pasar a los dos.

—No importa, llévenos.

El taxi se detiene en una casa con la fachada sin pintura y una puerta metálica de color blanco que, además, tenía una ventanita como mirilla y carecía de timbre, por lo que golpean la puerta con moderada fuerza. Segundos después, se abre la mirilla de la que sale una voz ronca.

—¿Que desean?

—Queremos comprar una pistola.

—¿Quién los recomienda?

—El taxista que está por retirarse en estos momentos.

—Esperen.

Se escuchan pasos dentro de la vivienda y segundos después, se abre la puerta dejando ver a un hombre de baja estatura.

—Solo pasa una persona.

Jeremías entra en la vivienda y tras él se cierra la puerta. Sigue al hombre bajito hasta una especie de tienda, donde se encuentra un hombre gordo y de mediana estatura, detrás de un estante.

—Me informan que quiere comprar un arma de fuego, ¿cuáles son sus necesidades?

—Quisiera comprar un revólver para defensa, algo que no sea muy caro, no dispongo de mucho dinero.

Y extrae de su bolsillo un paquete de billetes doblados por la mitad. De antemano, había guardado en los otros bolsillos pequeñas cantidades, por si no se ajustaba a lo que le ofrecía el hombre gordo. Sin embargo, este le mostró dos revólveres, uno de la marca Smith & Wesson performance center, cañón 2,5 pulgadas, con capacidad para siete cartuchos de nueve milímetros en su cilindro y una Colt King cobra 38 especial, cañón de 2 pulgadas.

—Cualquiera de estas dos. Los cartuchos los tendrá que pagar aparte.

—Me llevo la Smith y le pago una carga completa, ¿podría probarla?

—Seguro, sígame al patio.

Hugo esperaba afuera con algo de impaciencia, ya que comenzaba a anochecer y estaba en un lugar desconocido. Cuando escuchó una detonación y después de unos segundos, dos detonaciones seguidas, se quedó azorado y sin saber qué hacer. Por un momento pensó en acudir en apoyo de Jeremías, solo que eso era casi imposible, pues la puerta permanecía cerrada. Por otro lado, quiso poner distancia lo más lejos y rápido posible, sin embargo, minutos después, salió Jeremías con semblante de satisfacción. El hombre gordo le había comentado que no era necesario llevar el martillo atrás, porque el llamador se volvía muy sensible y podía provocar un accidente, así que él mismo hizo los tres disparos y se guardó el arma en el bolsillo.

Los dos BMW negros de la presidencia, casi a diario entraban a la gasolinera. Tenían la consigna de estar siempre llenos de combustible y eso llamó la atención de Jeremías, por lo que preguntó a Hilda a quien pertenecían.

—Son los coches que usa el presidente y su escolta, son muy pesados porque están blindados y eso hace que consuman mucha gasolina.

—Y ustedes... ¿lo han visto de cerca? Me refiero, ¿al presidente?

—No, porque cuando vienen por gasolina, él no viaja con ellos, pero Jonás y yo lo tendremos cerca, porque en diez días entregará, simbólicamente, títulos a un grupo de agricultores, en la explanada de la alameda y nos invitaron a recibir uno.

—Y... ¿a poco ustedes son también agricultores?

—No, pero una vecina que es líder del partido nos inscribió y como te digo, es una entrega simbólica, si hasta creo que la mayoría ni siquiera son campesinos.

—¿No podría yo acompañarlos?

—No lo creo, nos pidieron que lleváramos credencial oficial o pasaporte, si no lo llevamos, no nos van a dejar pasar.

—Ya será en otra ocasión.

Tres días después, Jonás no se presentó a trabajar y su hermana le tramitó un permiso médico por quince días, pues había resultado positivo al Covid-19. Nada más oportuno para Jeremías que, de inmediato, se propuso para sustituirlo en la ceremonia de entrega simbólica.

—No creo que también a ti te den permiso de ausentarte en el trabajo —intervino Hugo—. Prescindir de tres despachadores en el mismo turno es muy complicado.

—Eso corre por mi cuenta, solo necesito la credencial oficial de Jonás.

En el cuartel, los trabajos de inteligencia se desarrollaron con una rapidez inusitada; ya estaban claros los acontecimientos que se darían, así que de inmediato se comunicaron con 78 y en seguida me llegó la información: «Exconvicto Jeremías Lemus, domicilio privado de paraíso número 27, empleado gasolinera turno 08:00 a 16:00 horas, adquirió en mercado negro revolver, estará el 24 a las 10:30 horas en alameda, recibir documento de manos del presidente, juró asesinarlo».

Era justo lo que necesitaba saber. A partir del siguiente día, me levanto temprano y me dirijo a la dirección proporcionada para conocer al sujeto y su rutina, ya que dispongo de algunos días para planear mi actuación.

A las 07:20 horas, lo observo saliendo del conjunto habitacional dirigiéndose al paradero de autobuses. A las 07:29 horas toma la ruta 6 al centro, lo sigo y a las 07:51 horas se apea frente a la gasolinera. Cruza la calle y saluda con la mano a varios compañeros. A partir de ese momento y hasta las 09:00 horas se turnan para tomar su primer alimento, consistente, para algunos de ellos, en un emparedado y un embotellado de sabor. A las 15:45 horas, comienzan a llegar sus relevos y después de entregar su turno, sale caminando en compañía de una joven que también trabaja en la gasolinera. Los sigo de lejos y antes de llegar al lugar donde vive la mujer, la deja en un crucero y termina el recorrido hasta su vivienda.

Me supongo que esa es la rutina diaria, de tal manera que, al día siguiente, me llevo un pequeño maletín, espero hasta verlo salir del fraccionamiento y con una ganzúa me introduzco en su departamento. No enciendo la luz, solo saco de mi maletín mi linterna de mano y con ella encendida, comienzo mi búsqueda, procurando dejar todo como lo encuentro. En la recámara nada llama mi atención, tampoco en la pequeña cocina, así que me dirijo al cuarto de baño. Reviso por debajo del lavatorio, debajo del retrete y dentro del depósito de agua. Recorro la cortina de la regadera y observo en su lugar el extractor de aire; lo manipulo y descubro que está suelto. Lo retiro y dentro de un pequeño agujero encuentro lo que estaba buscando, el revolver dentro de una pequeña funda de cuero que, con seguridad, recién había comprado.

De mi maletín saco un lienzo y una lima metálica, examino el arma y me percato de que tiene tres cartuchos picados y cuatro cartuchos útiles; los retiro del cilindro y procedo a limar la aguja percutora sobre el lienzo. Con un pequeño pedazo de papel puesto sobre mi dedo, presiono la parte del receptor a donde debe llegar la aguja y acciono el llamador haciendo disparos en seco. Luego, reviso el papel constatando que no ha sido picado, abastezco el cilindro en el mismo orden que tenía y lo cierro sobre el revolver en la misma posición, con el último cartucho quemado alineado al cañón. Supongo que el usuario no conoce mucho de armas y lo dejó así después de su último disparo, para asegurar que la siguiente acción sobre el llamador sea sobre el cartucho en turno. Coloco el revolver dentro de la trampilla y la cubro con el extractor de aire, dejando todo tal cual, como lo encontré. En mi interior compadezco al pobre hombre que, no solo se sorprenderá con el arma, que cuando la necesite, no funcione, sino que volverá a prisión, sin conseguir su objetivo.

Jeremías se levantó temprano el día 24, se aseó y se vistió con la mejor ropa que tenía. Luego, fue al cuarto de baño para sacar de la trampilla el arma y ceñírsela en la cintura, por dentro del pantalón, con el gancho de la funda sobre el cinturón. Sacó y guardó el revolver de su funda tres veces como para mecanizar sus movimientos, revisó la credencial de Jonás guardándola en el bolsillo de la camisa, se puso un viejo saco y salió de su vivienda rumbo a la casa de sus amigos. Ese día no iría a la gasolinera y nunca más lo haría; era consciente que después de lo que iba a hacer, o lo apresaban, o lo mataban y se mostraba dispuesto a afrontar lo que viniera.

Cuando timbró frente a la puerta, esta se abrió casi enseguida, puesto que Hilda ya esperaba y estaba lista para salir. Se encaminaron al crucero para tomar un taxi que los llevó hasta la alameda, donde ya había personas acomodadas en las sillas a dos metros del estrado. Había también otros individuos que fungían como edecanes para recibir a los invitados, quienes cotejaban las credenciales y los conducían a sus asientos y fue así, como Jeremías e Hilda se colocaron en sus lugares, sin mayor problema. Luego, devolvió la credencial de Jonás a su hermana y permanecieron callados hasta que vieron llegar a los dos BMW presidenciales. Todos se pusieron de pie y así continuaron mientras se rendían los honores correspondientes.

Se inició la ceremonia con un discurso pronunciado en alusión al acto, después, se entregarían los títulos y finalizaría con una disertación del presidente, por lo que, al terminar el primer orador, comenzaron a nombrar a los participantes.

Ellos eran los séptimos, así que cuando el quinto iniciaba el recorrido por el estrado, se pusieron de pie encaminándose hacia la escalera de la derecha del entarimado. Tomó del brazo a Hilda para subir los tres peldaños y con el codo evitar que se abriera el saco y se pudiera ver la empuñadura del arma. Se dio cuenta de que estaba alterado, porque llevaba casi a empujones a la joven, así que trató de calmarse con una respiración profunda. Consiguió tranquilizarse, sin embargo, sintió que el recorrido hasta la altura del presidente se desarrollaba como en cámara lenta. El mandatario entregó a Hilda el documento y cuando extendió la mano derecha para estrechar la mano de ella, Jeremías sacó la pistola y al tiempo que accionaba el llamador en repetidas ocasiones, explotó:

—¡¡¡Púdrete en el infierno, hijo de puta!!! Pero no se escucharon detonaciones. De cualquier forma, el presidente intentó cubrirse con ambas manos cayendo hacia atrás sobre la silla, con la que se golpeó la cabeza y rodó hasta el entarimado; en tanto Jeremías, que no salía de su asombro, se quedó paralizado por unos segundos. Luego, corrió intentando huir y al llegar al extremo izquierdo del templete, saltó por encima de los agentes de seguridad arrollando a los periodistas que cubrían el evento. Cayó al suelo y fue detenido, de manera inmediata.

Hilda permaneció parada sin saber qué hacer, con cara de asombro, porque nunca imaginó cuales eran las intenciones de Jeremías, aunque tampoco conocía sus antecedentes, pues su trato era de compañeros de trabajo. Sin embargo, y dado que llegaron como hermanos, las autoridades supusieron que ella también estaba involucrada, por lo que fue detenida y, ambos, trasladados en diferentes patrullas a las instalaciones policíacas.

También estaba una ambulancia de servicios médicos y conforme sucedieron los acontecimientos, los sanitarios corrieron hacia el estrado para auxiliar al presidente, quien permanecía sobre el entarimado, en apariencia, inconsciente. Su equipo de seguridad no quiso moverlo, para no ocasionar un daño mayor, solo se limitó a formarle un escudo, hasta que llegaron los paramédicos. Le tomaron el pulso y le colocaron un collarín hasta que llegó la camilla. Lo estaban trasladando, cuando recobró el conocimiento; sin embargo, lo subieron a la ambulancia que partió hacia el hospital militar más cercano, seguido por sus escoltas en los BMW.

La prensa, que estaba cubriendo la nota y que por fortuna no estaba trasmitiendo en vivo, fue notificada para que no publicaran el incidente. Algunos ya resguardaban ese material y casi lo envían a sus oficinas, medidas que resultaron inútiles, ya que en las redes sociales se conoció la noticia casi a la vez, porque muchos de los asistentes grababan las imágenes con sus móviles. Más tarde, se informó, con un comunicado oficial, que el presidente estaba bien y que había sido trasladado a sus oficinas en el Palacio de Gobierno.

Los comentaristas de radio y televisión hablaron de estos sucesos durante algún tiempo, ya que las investigaciones policíacas arrojaban muchas incógnitas, dado que, en los interrogatorios a Jeremías, este permanecía callado hasta con su abogado. Por lo que respecta a Hilda, demostró su inocencia y fue liberada dos días después.

En cuanto examinaron el arma, no supieron explicar porque tenía limada la aguja del percutor después de percutir tres cartuchos; era notorio que hubo un tercero que intervino, porque encontraron otras huellas en el arma, que no pertenecían al detenido, pero... ¿a quién? Nunca se supo.

Mi móvil recibió un nuevo mensaje: «buen trabajo, felicitaciones». No acudí a la ceremonia para constatar los acontecimientos, porque sabía de antemano cuáles serían los resultados y sentía respeto por Jeremías, ya que, al menos, tenía el valor suficiente para hacer algo que muchos deseábamos. Aunque no obtuvo la satisfacción de ver cumplida su venganza, puso todo su empeño y valentía en el intento.

En el cuartel, a raíz del atentado que sufriera el presidente, se incrementó la actividad relacionada con la posibilidad de causarle daño al mandatario, por lo que se prendieron muchos focos amarillos, pero no pasaban de agresiones verbales, insultos y hasta golpes con palos y piedras a los BMW blindados. De vez en cuando, algún activista o político, a quienes el presidente mandaba investigar para meterlos a la cárcel y que, al final, salían de país o se ocultaban. Todos ellos ingresaban en la lista de quienes podrían, en determinado momento, presentar una posible amenaza para la seguridad presidencial, pero conforme se avanzaba en la investigación, se desechaban las sospechas.

Durante tres meses, y a diario, subían y bajaban los amarillos, sin cambiar de color, pero eso sí, no dejan de investigar a todos y a cada una de las amenazas que surgían, hasta que dejaban de dar indicios de peligro para la integridad física del mandatario.

Capítulo III

Francotirador

En la frontera con el país vecino, se levantó la veda para la caza del ciervo cola blanca que, junto con la caza del cerdo cimarrón, se habían vuelto un atractivo en las actividades de aquellos quienes practican este deporte. Esto era debido a que, más allá de la frontera, donde es el hábitat de estos animales, conforme se desarrolla la cacería, se iban desplazando hasta atravesar la línea divisoria, de tal manera que, se agotaba la posibilidad de encontrar algún ejemplar vivo en la zona boscosa del otro país.

Para poder participar en la cacería, había que cubrir algunos requisitos, entre otros, registrarse y registrar las armas que usarían durante el evento, incluyendo los participantes que cruzaran la frontera. Las armas, de preferencia, eran del calibre 30-30 y algunos del calibre 30-06, ya sean de cerrojo o bien, semiautomáticas. La diferencia consistía en que las de cerrojo, al ser percutidas, utilizan el 100 % de los gases para expulsar la ojiva y las semiautomáticas, dependiendo de cada arma, utilizan un porcentaje para expulsar la ojiva y otro porcentaje para arrastrar la corredera del cerrojo hacia atrás y así preparar el siguiente cartucho dentro de la recámara, lo que hacía a unas, más potentes que a las otras.

También figuraba, entre las reglas, que solo podrían cazar machos de más de un año y era fácil identificarlos por su cornamenta, ya que las hembras carecían de ella. La edad de los machos se medía por sus ramificaciones; además, no podían destazarlos en el lugar, tendrían que cargar con las piezas completas; todo esto para proteger la reproducción.

David Ocelo era un nacional, moreno claro, de 43 años y complexión robusta, bien parecido, aunque se notaba que era un guerrero de la calle. Se caracteriza por su caminar erguido y rápido, como brincando a cada paso, como si pisara sobre algo muy caliente. Así era conocido desde pequeño, le apodaban «el pisa lumbre». Cruzó la frontera hacia el vecino país sin mayor problema, ya que ostentaba la doble nacionalidad, con la finalidad de adquirir un fusil y así poder participar en la cacería del ciervo cola blanca.

Al regresar al país, con un flamante estuche como el que utilizan los músicos para guardar sus instrumentos, declaró su arma ante los agentes de la aduana, así como el propósito de participar en la cacería. Un agente lo condujo a un módulo, donde se encontraba el encargado de registrar a los participantes que cruzaran la frontera.

No había traspasado la puerta del recinto aduanero, cuando llegó al cuartel de Falcón y Asociados un nuevo foco amarillo. Se trataba de un individuo que pretendía participar en la cacería del ciervo cola blanca y lo que llamó mucho la atención fue que, al registrar su arma, esta no era de los calibres usados, en general, para esos eventos. El arma era un rifle de cerrojo Remington 700 Police, calibre 338 Lapua Magnum, de los preferidos por los francotiradores, ya que el cartucho de ese calibre era más robusto y largo que los 30-30 o 30-06. El individuo se identificó como David Ocejo, hasta entonces desconocido y a quien se le inició una exhaustiva investigación.

Era el hijo único de un pendenciero líder sindical y aunque inquieto, no siguió los pasos de su padre, sino más bien, concluyó sus estudios como contador. Medio año después, dejó su trabajo en un despacho contable, para ir a los Estados Unidos de América donde se enlistó, a los veintidós años de edad, como infante de marina en el Marine Corps y fue destinado para su entrenamiento militar a Camp Lejeune, Carolina del Norte, donde obtuvo, por tres años consecutivos, la medalla de *Rifle Expert.* Esta mención le valió la aceptación para especializarse como francotirador y dos años más tarde, pertenecer a tan selecto grupo, participando en múltiples misiones. Después, durante mucho tiempo nada se supo de él, hasta que regresó a su tierra natal hace un año y medio.

Como en todo, existen estadísticas y registros; no es la excepción para los francotiradores, así como con las personas cuyas actividades se consideran letales. Allí figura el nombre de David Ocejo, como también el de Lee Harvey Oswald, aquel exmarine que se supone dio muerte al entonces presidente de los Estados Unidos de América, John Fitzgerald Kennedy desde la ventana de una biblioteca, hace muchos años. Después, se supo que había tenido contacto con Fidel Castro.

El caso es que, David Ocejo adquiría más interés en la investigación y seguimiento, conforme se conocían sus antecedentes. Mientras permaneció en el área donde la cacería era más importante, se juntó con dos cazadores más y entre los tres, alquilaron una cabaña que quedaba en el extremo de la población fronteriza. Sin embargo, no mostraba un interés particular por cobrar alguna pieza, sino más bien, acudió a un club de caza, tiro y pesca para familiarizarse con el arma nueva y sus órganos de puntería, utilizando una buena cantidad de cartuchos. En cierta ocasión, cuando tuvo la oportunidad de avistar un viejo macho bajo la mirilla de su arma, lo impactó derribándolo al instante. En el mismo momento, otro cazador, desde otra posición, también hirió al animal, por lo que ambos podían reclamar la pieza y, aunque, mediante las pruebas de balística que se efectuaban en caso de un empate, para determinar la bala que estaba más cerca del centro del corazón, habían dado como ganador a Ocejo, este le cedió la pieza al otro cazador.

Los días para la caza terminaban y, poco a poco, los participantes regresaban a sus hogares. David, sin embargo, tomó el rumbo hacia la gran ciudad haciendo sus pernoctas en los moteles que le quedaban al paso. Siempre estaba vigilado con mucha discreción y eficiencia relevándose durante todo el trayecto. Ellos solo informaban, hasta el mínimo detalle, los acontecimientos que se presentaban en torno a su encargo.

Disponía del tiempo que él quisiera, ya que tenía que establecer ciertos contactos antes de la llegada a su destino, por lo que estaba más pendiente de su móvil que de conducir su auto. Cuando estaba a diez millas antes de entrar a la ciudad capital, recibió un mensaje donde le informaban que tenía una reserva en el Hotel Princess del centro y le enviaban la ubicación exacta para que, con su móvil, pudiera llegar sin problema a través del Google Maps. Esta aplicación le indicaba cuál era la ruta más cercana y accesible a su destino, así que, cuando ya estaba entrando a la población, comenzó a manejar con mucha precaución, puesto que quería evitar que lo detuvieran. Traía un arma dentro del maletero y pretendía llegar a su destino sin incidente alguno. Cuando llegó a la entrada del hotel, él sacó del maletero su equipaje y el estuche y los llevó hasta la recepción, sin permitir que el empleado del hotel los tocara.

Mientras consultaba su móvil, le dijo a la empleada que estaba detrás del mostrador:

—Mi nombre es David Ocejo, tengo la reserva GH73-NB. ¿Podría confirmar mi llegada?

—Permítame un segundo —le dice la recepcionista mientras verifica en el monitor de su computadora.

—En efecto, ¿podría llenar este formulario? —le indica, extendiéndole una tarjeta de ocho por cinco pulgadas.

—¿Cuántas personas se van a hospedar?

—Solo yo. Si hubiera alguna habitación en esta misma planta, me gustaría tomarla, no me agradan los elevadores.

—No, lo siento, en esta área están los restaurantes y salones para conferencias, pero si gusta le puedo ofrecer en el primer piso, solo tendría que subir unos cuantos escalones.

—Me parece bien.

—Su habitación es la número 108.

Le entrega una tarjeta a un botones, al mismo tiempo que le instruye:

—Conduce al caballero y cerciórate que todo funcione bien.

El botones intentó ayudarlo con su cargamento, pero solo le permitió llevar el equipaje.

En mi móvil apareció un nuevo mensaje de Q16: «Exmarine de nombre David Ocejo, francotirador al servicio EUA, cruzó frontera registrando rifle de cerrojo Remington 700, Police calibre 338, Lapua Magnum, arribó esta ciudad, hospedase Hotel Princess del centro, habitación 108. Estimase intenciones eliminar por encargo al mandatario». Las instrucciones sugerían seguimiento, antes de eliminar la amenaza, pero eran muy claras y me obligaba a dedicarme por completo a idear un plan de trabajo. Por lo pronto y siguiendo la costumbre de conocer, de forma física a los sujetos, conduzco mi automóvil al Hotel Princess y ya en la recepción, me dirijo al empleado que me atiende:

—Buenas tardes, mi nombre es Iván García, recién estoy llegando a la ciudad y no tuve oportunidad de hacer mi reserva, ¿tendrá alguna habitación en el primer piso?

—Buenas tardes —me contesta el recepcionista, que consulta en la pantalla del computador—. Su habitación será la 104. ¿Cuántas personas?

—Solo yo, estaré dos o tres noches, pero déjemela abierta por si necesito más tiempo.

Corro con suerte, pues me asignan en la misma ala del edificio y a cuatro puertas del supuesto asesino. La llave es una tarjeta magnética, lo que me impedirá usar ganzúas, pero ya veré como procederé, llegado el momento.

Reconozco que alterar las características físicas del arma de un hombre tan experimentado, es como si lo pusiera sobre aviso, así que no usaré lo que me dio éxito en el caso de Jeremías, tendré que intentar otras opciones. Como último recurso, puedo asesinar al sujeto, pero era obvio que eso no entraba en los planes de la organización. Tampoco podía arriesgarme a seguirlo todo el tiempo y pillarlo antes de que disparara el primer y único cartucho, eso era darle todas las ventajas y aunque lo atrapara, él conseguiría su objetivo y yo concluiría la misión con una derrota vergonzosa.

Tratar de meterme en la mente de un francotirador, es muy difícil, máxime cuando uno nunca ha tenido esa experiencia, pero supongo que debe tener información de primera mano antes de jalar el llamador de su fusil: la mejor ubicación con respecto al sol, los vientos predominantes y la velocidad, rutinas de su objetivo, rutas de acceso y escape y no sé cuántas cosas más. Lo más importante era que yo no tenía mucho tiempo, un hombre tan hábil como lo era él, podría improvisar todas esas cosas y actuar, en consecuencia, con suma rapidez.

Se me ocurre que, si no puedo modificar las características del arma, sin que él se diera cuenta, sí lo podría hacer con los cartuchos y lo haría desde casa, ya que ahí tenía mi equipo para recargar municiones. Así que salgo del hotel y me dirijo, de inmediato, a una de las dos tiendas de armamento y municiones que hay en la ciudad, sin importarme que aún no conozco a mi objetivo. En cuanto llego, me dirijo al empleado que se encuentra tras el mostrador.

—Buenas tardes, colega. Quisiera comprar cartuchos 338 Lapua Magnum.

De mi cartera extraigo la credencial que acredita que pertenezco a un club de caza, tiro y pesca y se la muestro.

—¿De qué marca? Tengo Remington y Delta.

—Remington, son cajas de veinte cartuchos, ¿no es así?

—Sí, claro, son cuatro peines de cinco cartuchos cada uno.

—Deme una caja de Remington... no, mejor deme dos y dos de Delta, quisiera probar la diferencia.

Pago y recojo mi paquete al salir de la tienda. Ya en casa, me percato de que no está Ana Lizbeth, pues tampoco se encuentra su auto, así que entro directo al cuarto de estudio, saco del clóset un estuche y, de inmediato, me pongo a trabajar.

Utilizando guantes de algodón para no manchar los casquillos con la grasa de los dedos, separo las ojivas y extraigo la mitad de la pólvora de cada uno. Luego, relleno los cascos con arena muy fina, dejando espacio para las ojivas; las presento y con el equipo para recargar, las voy apretando una por una. Antes de encastrarlas en su peine, las someto a una rigurosa revisión, detectando tres que habían quedado lastimadas, de manera superficial. Dos eran de la marca Remington y una Delta, así que esas no las empaco. Recojo tres mudas de ropa, junto con el estuche de viaje y las cuatro cajas, meto todo en una maleta. Escribo una nota para Ana, informando que por unos días no iría a dormir a casa, por motivos de trabajo y que la amo con todo mi corazón.

Tres pasos antes de llegar a mi habitación del hotel, ya con la tarjeta magnética en la mano, veo al sujeto que sale de la habitación 108 y pasa junto a mí diciendo:

—Buenas noches.

—Buenas noches.

Cuando respondo, me introduzco a la habitación cerrando la puerta con el clásico clic. Pero en seguida, la abro para observar a donde se dirige. Bajo las escaleras y veo que entra al restaurante; es un hombre fácil de identificar, porque, pese a su corpulencia, su andar es ligero. No me interesa ver como ingiere sus alimentos, por eso regreso a mi habitación.

Al día siguiente, me levanto muy temprano y me siento en uno de los cómodos sillones que están frente al mostrador de recepción. Tomo una revista y comienzo a hojearla, pero siempre atento a descubrir cualquier forma humana que cruce por el corredor. Para esta tarea utilizo los bastones del ojo y cuando descubro alguna sombra, levanto la vista. Estoy en actitud de quien espera a alguien y una hora cuarenta más tarde, lo veo salir del hotel con su andar cantarín, llevando bajo el brazo una bolsa de tela como de diez pulgadas de largo, por cuatro de ancho. Sé que no lleva consigo el arma y eso me tranquiliza, regreso a mi habitación para esperar el siguiente acontecimiento.

A las diez y cuarenta, el carrito de servicio de limpieza está quieto frente a la habitación 108 con la puerta abierta. Guardo en los bolsillos de mi chaqueta las cuatro cajas de cartuchos y me dirijo a la habitación 108; entro y con tono amable le digo a la dama del aseo:

—Buenos días, no quiero molestar, pero... ¿le importaría pasar más tarde? Necesito tomarme un baño y tengo el tiempo medido.

—No se preocupe, regreso después.

La dama de aseo sale arrastrando su carrito. Por mi parte, tomo una tarjeta de presentación de mi cartera, le hago un agujerito, por donde amarro el extremo de un hilo y la introduzco dentro de la cerradura de la puerta, dejando afuera el otro extremo del hilo. Cierro la puerta, no quería ser pillado en la habitación de otra persona y mucho menos por David Ocejo.

Mi búsqueda es mucho más fácil, ahora investigo algo más grande y lo encuentro solo con abrir el clóset. Saco el estuche fijándome, con exactitud, su posición inicial y lo llevo a la mesa de trabajo que hay en el rincón de la habitación. Trato de destrabar los cerrojos de los candados laterales, pero solo abre el izquierdo. Me fijo el orden del candado que sí abrió, es el 972 y el otro tiene el 295, así que los recorro hasta colocar el número 972 y acciono la palanca, logrando abrir el estuche.

En su interior, encuentro por separado las piezas del arma: un receptor dentro de la hendidura justa para alojarlo, un tubo cañón de treinta y cinco pulgadas de largo, un bípode, la culata, dos almohadillas, una caja de cartuchos de la marca Remington, dos cartuchos de la misma marca y el alojamiento para la mira telescópica, pero no está la mira, supongo que era lo que llevaba cuando salió del hotel. No toco nada, solo la caja de cartuchos, porque, aunque estos y los peines si son iguales, la caja es diferente, así que saco los cuatro peines de su caja y me los echo a la bolsa de la chaqueta junto con los dos cartuchos sueltos y los sustituyo por los que llevaba. Por suerte, compré más de una caja de cada marca, porque también coloco dos cartuchos sueltos en la misma posición en la que estaban los originales, dejando el interior del estuche como si no hubiera sido abierto. Cambio la numeración del candado derecho a 295 y subo el estuche dentro del clóset; regreso a la mesa donde estuve trabajando y me cercioro de que no dejo evidencias de mi presencia.

Al salir, jalo del extremo del hilo que dejé en la cerradura, extraigo la pequeña tarjeta magnética y recorro el pasillo hacia las escaleras caminando de la misma forma en que había visto caminar a David Ocejo. No es que quisiera parecerme a él, más bien era una manera de celebrar, con ironía, que las cosas había salido como salieron.

David al salir del hotel esa mañana, ya tenía una idea de cuál iba a ser su programa de actividades, así que tomó un taxi, del que se apeó muy cerca de la explanada, ubicada frente al Palacio de Gobierno. Era poca la gente que pasaba por la plaza, debido a que el sol pegaba a pleno a esas horas de la mañana. Caminó hasta el centro de la explanada y le dedicó unos minutos a observar en diferentes direcciones, haciendo visera con la mano derecha, cuando volteaba hacia el sol. Luego, se encaminó hacia los edificios que estaban frente al Palacio de Gobierno, ingresó a una tienda de autoservicio, compró unos emparedados y café y salió llevando una bolsa de papel.

El Hotel Royal es un viejo edificio de cuatro estrellas, bien cuidado, con tres pisos, con planta baja y estacionamiento en el subsuelo, en el extremo izquierdo frente a la explanada, que se extiende en cuarenta metros por veinticinco de fondo. El acceso al edificio es un portón de herrería y madera labrada, ubicado a diez metros de la esquina. En su interior, se vislumbra un pasillo alfombrado de tres metros por seis, con sendos escaparates a los costados, lo que ofrece una amplísima visión de un piso de cerámica muy brillante. Sobre el lado izquierdo, una larga barra de mármol, donde están ubicados los empleados encargados del registro de huéspedes. A continuación, un elevador y al fondo, una amplia escalinata. Hacia el otro extremo, está el bar rodeado de mesas con cómodos sillones; luego, otra escalinata junto a un elevador y el restaurante.

Del primer piso al tercero, y en forma de u hacia el fondo, a diez metros hacia el centro, se encuentra un pasillo con barandales de herrería que desemboca donde están las habitaciones, rematando, en la parte alta, por tres hermosos candelabros.

Con su característico andar, David entró al hotel, llevando consigo la bolsa de papel adquirida en la tienda de autoservicio y la bolsa de tela colgada de su brazo. Atravesó el recinto pasando por el bar e inició su ascenso por las escaleras del fondo, hasta el tercer piso donde entró por una angosta puerta que lo llevaría al techado. Buscó un lugar apropiado para poder observar hacia el Palacio de Gobierno y se sentó sobre la base de un gran recipiente de agua. Sacó de su bolsa de tela una mira telescópica y comenzó a barrer realizando un reconocimiento visual de las ventanas del edificio gubernamental.

Conforme pasaron las horas logró ver al presidente en su balcón en tres ocasiones y durante todo el tiempo, sacaba su libreta y hacía anotaciones. También extrajo del bolsillo de su pantalón un pequeño distanciómetro para después escribir: «Doscientos treinta y ocho metros». Durante todo el trayecto y desde que saliera del Hotel Princess en taxi, fue vigilado por dos individuos que siguieron al coche de alquiler desde su propio auto, hasta su llegada a la gran explanada del centro, donde fueron relevados por otro personaje, que lo siguió hasta el techo del Hotel Royal.

A mi móvil llega un nuevo mensaje: «Confirmada sospecha, David Ocejo fue visto techado del Royal Hotel, observando hacia palacio de gobierno movimientos presidenciales». Tampoco a mí me cabía duda, por fortuna, ya había desarrollado la mitad de mi plan y ahora, ya conocía la posible ubicación del francotirador. Todas las ventajas estaban a mi favor.

Me levanto temprano esta mañana, y como el día anterior, me siento en un sillón que está frente al mostrador de recepción, donde finjo que estoy trabajando en algo, mientras espero a alguien. Después de dos horas, lo veo pasar con su estuche al hombro rumbo a la salida del hotel; pide al *valet* que le traiga su auto y espera. Mientras tanto, yo salgo también y me dirijo a mi propio vehículo, que se encontraba a unos metros fuera del hotel y espero hasta verlo pasar. De cualquier manera, ya sé hacia dónde se dirige.

Cuando llega al Hotel Royal, conduce su auto al estacionamiento por una amplia entrada que se encuentra en un costado. Espero para no entrar enseguida y evidenciar la persecución; entra una *van* y después entro yo y lo alcanzo a ver que, en lugar de tomar por el ascensor, sube por la escalera y pienso que, quizás tiene alguna fobia por los espacios pequeños. Estaciono el auto y entro al elevador hasta el tercer piso; al llegar comienza mi desconcierto, no encuentro la puerta para seguir subiendo hasta el techado. Acto seguido, volteo hacia todos lados y la descubro en el otro extremo de las habitaciones, de tal manera que, las rodeo por el pasillo y al llegar a ella, la abro y me introduzco.

Después de las tres de la tarde del día anterior, David da por terminada su inspección preliminar, así que, guarda en la bolsa de tela su mira, arruga con las manos la bolsa de la tienda sale del Hotel Royal y, en taxi, regresa al Princess.

Ya en su habitación, saca del clóset su estuche para guardar la mira, lo coloca sobre la cama y al accionar las palancas de los candados, solo abre el izquierdo, lo que, le hace pensar que algo raro sucede. Pero recuerda que, al subir su estuche al clóset, después de sacar la mira, de forma involuntaria, pasó la mano sobre el candado, arrastrando la numeración. En consecuencia, regresa la clave, abre el estuche, guarda la mira y acomoda todo en el lugar que tenía.

Al día siguiente, después de darse un baño, toma su estuche y sale del hotel. Le pide al *valet* que traiga su auto, abre el maletero para guardar el estuche y lo conduce hasta el estacionamiento del Hotel Royal. Ese era uno de los motivos por lo que seleccionó el edificio, para evitar exhibirse, de manera pública, con el arma por las calles de la ciudad y que la posición del sol durante la mañana, lo encandilara.

Al llegar al tercer piso por las escaleras, rodea por el pasillo de las habitaciones hasta llegar al otro extremo, penetra a través de la puerta que da acceso al techado exterior, siempre con su caminar característico. Hace a un lado la bolsa arrugada y el vaso vacío de café que, el día anterior, había dejado tirados y se sienta en el piso a la sombra del gran depósito de agua que tiene detrás. Al abrir su estuche, saca primero las almohadillas, las mismas que coloca en el pretil de la orilla, luego, extrae el receptor con el cañón y los acopla. Acto seguido, le encastra la culata, después la mira y se deja cerca los dos cartuchos.

Se recuesta con el pecho pegado al piso, corrige la posición de sus piernas, dejando recta la pierna derecha y paralela a la dirección hacia su objetivo; la izquierda, un poco doblada, hasta adoptar una posición cómoda y se cerciora de que la mira esté bien colocada. Levanta la vista hacia el astabandera para ver la dirección del viento y corrige con dos clics izquierdos su mira. Levanta la palanca del cerrojo para abrir la recámara, toma un cartucho, insertándolo dentro del arma, recorre el cerrojo asegurando la palanca hacia abajo. Luego, baja con cuidado la mano derecha hasta la empuñadura, apuntando con el ojo derecho al balcón de la oficina del presidente. Así permanece durante un prolongado lapso de tiempo; es admirable la paciencia de un francotirador, ya que puede estar en esa posición hasta horas, moviendo apenas, de forma perceptible, su hombro para barrer su visión en torno a su objetivo.

El tiempo no cuenta en un hombre que está acostumbrado a una larga espera, para quitarle la vida a otro y al cabo de un rato, en su mira aparece la figura del presidente. Entonces parpadea varias veces para quitarle presión al ojo, mientras aspira aire, lo retiene por un segundo y lo expulsa de forma lenta, oprimiendo, ligera y gradual, el llamador, hasta sorprenderlo la detonación. Le da seguimiento al disparo y observa que las palomas de la explanada levantan el vuelo asustadas, pero su objetivo permanece en pie.

No se desespera, algo parecido le sucedió en Afganistán, cuando su disparo alcanzó primero a un ave, desviando, por pocos milímetros, su trayectoria. Abre el cerrojo e introduce la otra bala, repitiendo el procedimiento empleado antes. Al dar seguimiento al nuevo disparo, ya no estaba la imagen del presidente, por lo que da por concluida su misión e intenta desarmar su fusil, para empacar su arma en el estuche. En ese momento, se percata de que, a un costado del gran tanque de agua, alrededor de cuatro metros, se encuentra una persona que le está apuntando con una pistola.

Es poco factible que una persona, tan fogueada como David, se deje vencer sin presentar combate, por eso simula que ya lo sometieron, quedando hincado con las manos en la nuca, para buscar después revertir la situación.

Me tomo un tiempo prudente en las escaleras para llegar al tejado, más que nada, para no ser pillado por David y en su oportunidad, poder sorprenderlo, de tal manera que, cuando alcanzo la parte alta, lo veo sentado bajo la sombra del tanque de agua y armando su fusil. De forma sigilosa, me escondo fuera de su vista y permanezco descansando; hasta esos momentos conservo el control de la situación. Reconozco que no fui entrenado como él, con la suficiente paciencia, pero hago un esfuerzo y consigo mantener la calma, ya que, la espera se prolonga y cuando menos lo pienso, escucho la detonación. Esa era la señal que yo necesitaba para ponerme en movimiento. Salgo de mi escondite y me coloco a un lado del tanque de agua, por detrás de él, al tiempo que hace un segundo disparo. Saco mi arma corta y le increpo:

—No intentes hacer algo o eres hombre muerto.

En silencio se pone de rodillas, con las manos sobre la nuca en señal de sumisión. Con la mano libre saco de mi bolsillo un candado plástico para manos, me sitúo detrás de él, paso el candado a la otra mano, junto a mi arma y cuando tomo su mano doblándole el brazo hacia la espalda, de un brinco se voltea y me propina un puñetazo en la cara, derribándome de espaldas al suelo. Se da cuenta de que no pretendo matarlo, porque pude haberle disparado y no lo hice, así que, se me va encima sujetándome el brazo armado, pero yo lo catapulto utilizando mis piernas. Sin embargo, con ese movimiento suelto la pistola y nos ponemos ambos de pie, uno frente al otro, enfrascándonos en un feroz intercambio de golpes.

Me doy cuenta de que recupero la ventaja, quizás, porque su entrenamiento fue más enfocado en las armas, que en el combate cuerpo a cuerpo y a pesar de que es un hombre con una increíble fortaleza, logro someterlo. Le coloco el candado de manos y utilizo otro para atarle los pies. Luego, lo arrastro hasta la base del tanque de agua, corto el candado de las manos para ponerle otro, pero ahora abrazando una de las patas del soporte del mismo tanque le registro sus bolsillos, extrayendo su móvil, su billetera, una libreta, las llaves de su auto y su bolígrafo.

Todo lo dejo a un lado de su fusil, lejos del alcance de su cuerpo; levanto mi arma y me encamino hacia la puerta. Sin embargo, cuando casi llego, escucho pasos precipitados en la escalera, así que me escondo de inmediato. En seguida, aparecen corriendo cuatro uniformados y dos civiles, estos últimos, al parecer, eran personal de seguridad del hotel. Se dirigen en línea recta al lugar de lo acontecido segundos antes, de tal manera que salgo al tercer piso sin que lo noten. No tomo el elevador, sino que utilizo las escaleras hasta el estacionamiento; no pretendo llamar la atención, puesto que mi aspecto presenta evidencias de una ruda pelea.

Mi intención era informar a la organización para que ellos se hicieran cargo de lo procedente, porque supuse que no terminaba aquí este asunto de David Ocejo. Él no actuaba por odio o por venganza, era un profesional que había sido contratado por alguien, estaba cumpliendo con un encargo y el peligro estaría latente hasta que no se supiera quién o quiénes habían encargado el trabajo. Por esa razón, dejé las evidencias, porque no me correspondía a mí ir más allá de los acontecimientos realizados, pero la intervención policíaca cambió el rumbo de lo que yo esperaba; solo me quedaba salir de la escena de la forma más sigilosa y limpia posible.

En el Palacio de Gobierno hubo mucho movimiento a raíz de escucharse el primer disparo; los dos vigilantes que estaban en la parte del tejado buscaron con la vista la procedencia, hasta que escucharon el segundo, alcanzando a percibir un pequeño resplandor ubicado en el techo del Hotel Royal y, al mismo tiempo, dentro de palacio, otro escolta quitó al presidente de su posición frente al balcón de su oficina arrollándolo. Esta acción molestó mucho al mandatario, que exigió una explicación, la cual no fue proporcionada ya que la persona que lo escoltaba escuchó, a través de los equipos de comunicación, que se trataba de alguien apostado en el techado del Hotel Royal.

Acto seguido, salió, de una manera veloz, y cruzando la explanada, se encontró con cuatro uniformados y un compañero más. Los seis entraron a hotel y subieron, de manera directa, al tercer piso por el elevador más cercano a la puerta de acceso al techado. Cuando llegaron al techo, de inmediato, descubrieron los pertrechos. Al hacerlo, detuvieron la velocidad de acercamiento, presintieron que podían ser abatidos si no tomaban las precauciones apropiadas, pero al aproximarse más, observaron a un hombre atado de los brazos a la base del tanque de agua y los pies, también maniatados con candados policíacos que estaba en esos momentos recobrando la conciencia.

El agente de la policía advirtió que, al parecer, la situación estaba ya controlada, sin embargo, el sujeto pedía que lo suelten, ya que alegaba haber sido sometido por el tirador cuando lo descubrió después de los disparos, que había subido al techado para hacer un poco de ejercicio y observar la ciudad y pedía que, por lo menos, le cortaran los candados. Decidieron no tocar algo del lugar, para no alterar la escena; lo que sí hicieron fue conectarse, por medio de sus equipos, con sus jefes, para informar y pedir instrucciones. Por el momento, permanecerían custodiando el lugar, hasta que llegaran los peritos.

En media hora llegó el personal científico y otros uniformados, tomaron fotografías de la escena, recogieron en bolsas las evidencias dejadas en el piso, así como el arma, casquillos, un vaso de cartón y una bolsa arrugada que dejó el francotirador el día anterior. Cortaron los candados de pies y manos, pusieron al sujeto de pie, colocándole otro candado en las muñecas, por detrás de su cuerpo y abandonaron el lugar por el mismo camino que utilizaron para llegar.

Capítulo IV

Autores intelectuales

La noticia de un segundo atentado fallido contra el presidente dio la vuelta al mundo, sobre todo, este último, porque es bien sabido que, cuando se produce el disparo de un francotirador, no hay margen de error. De tal manera que, de una forma inexplicable, el mandatario de este país seguía con vida y ya se tenía al presunto homicida en calidad de detenido, a la espera de que se inicien las investigaciones pertinentes.

Los artículos levantados del tejado del Hotel Royal fueron llevados al laboratorio y de inmediato, analizados, verificando si las huellas dactilares del arma correspondían a la persona detenida. Ya no cabía duda, el individuo hallado en el tejado era el tirador y las huellas encontradas en los dos casquillos también, pero en estos había otras que pertenecían a una persona diferente y que se encontraban solitarias en los cartuchos de la caja cerrada. Esta circunstancia motivó a un análisis más minucioso y al retirar la ojiva de un cartucho se dieron cuenta que contenía, aparte de la pólvora bastante disminuida, un relleno de arena muy fina. Lo mismo encontraron en el resto de los cartuchos, por lo que dedujeron que las dos ojivas que salieron del arma solo viajaron, cuando mucho 30 metros.

De nuevo, en un atentado contra el presidente, figuraba un tercero que, no sabían su identidad, pero era coincidente: tenían las huellas dactilares de otra persona que eran, sin duda, las mismas encontradas en las evidencias del atentado anterior, solo que no tenían a una persona física para comprobar de quien se trataba. Sin embargo, había algo que llamaba mucho la atención y era que, si la intención de la tercera persona era proteger al presidente, conociendo a los supuestos victimarios, sería más fácil y seguro matarlos, que dejarlos llegar hasta el final en sus intenciones. Era evidente que las pretensiones de quien protegía, de esa forma, la vida del mandatario, irían más allá de evitar que lo asesinaran.

Los interrogatorios que le practicaron a David Ocejo no arrojaban claridad a la investigación. No quería hablar, sobre todo, porque él aun pensaba que sí había logrado su objetivo y mostraba una actitud de quien está perturbado en sus facultades mentales. Se conoció su nombre por una credencial que encontraron en su billetera, porque pretendía no recordar su apelativo. Además, encontraron la tarjeta llave del Hotel Princess, de la habitación 108 y, en consecuencia, ordenaron una inspección minuciosa del alojamiento, localizando como evidencia adicional, solo un distanciómetro.

También se supo que estuvo el día anterior en la escena del atentado por el recibo de compra que había en la bolsa de papel, el distanciómetro y las anotaciones en su libreta de campo, todos ubicados antes en el tejado del Hotel Royal.

El móvil fue más explícito, los últimos tres mensajes fueron enviados desde otro teléfono y en uno de ellos le informaban la clave de reserva en el Princess del centro para su registro. Ese móvil estaba a nombre de Pedro Esquivel Valle, pero en la ciudad había cuatro personas con ese mismo nombre. Uno era un acaudalado comerciante y empresario, socio de una firma que contaba con seis empresas, un hombre de cuarenta y ocho años de edad, moreno claro y nariz apenas achatada, como la de los boxeadores. Este rasgo no lo hacía parecer un hombre feo, tenía el pelo oscuro y abundante, con incipientes canas, vestimenta informal, pero elegante, y aunque se veía sencillo en su trato, no se le podría descartar como sospechoso, sobre todo, porque contaba con cierta opulencia económica.

El segundo Pedro Esquivel; un mecánico automotriz de treinta y nueve años, de complexión robusta, estatura media, que había incursionado en el ejército como soldado, donde aprendió el oficio, dándose de baja como cabo. Luego, puso un taller en un barrio cerca del centro de la ciudad, dedicándole todo su tiempo, puesto que gozaba de buen prestigio y con tres empleados apenas se daban abasto. Siempre se le veía con overol de trabajo y por su condición austera, podría descartarse como sospechoso.

El siguiente con ese nombre, era un estudiante de nivel medio superior, de dieciocho años, hijo de un controlador aéreo que laboraba en turnos de cuatro por diez y seis en el aeropuerto de la ciudad. El joven era un buen estudiante y aspiraba a incursionar en la carrera de mecatrónica, por lo que estaba preparándose para adquirir ese derecho en los exámenes que estaba próximo a presentar.

Por último, el secretario particular del senador Alberto Andrade también respondía a ese nombre. Con una personalidad atrayente, a sus cuarenta y un años tenía una magnífica posición política y social, ya que su jefe era muy cercano al presidente y, además, pertenecía al mismo partido. Era un hombre de aspecto agradable, fino y con cierta elegancia, de piel blanca apenas bronceada. Lucía un delgado bigote que reafirmaba un rostro varonil agradable.

Hubiera sido muy sencillo dar con el propietario de ese móvil, si no fuera porque dejó de funcionar en cuanto se supo la noticia del atentado, lo que alertó el proceso, puesto que quien lo silenció o desapareció, sabía que lo comprometería. Como había sido comprado en alguna tienda de autoservicio, no se podía saber a quién de los cuatro pertenecía; sin embargo, los cuatro eran motivo de investigación.

Ninguno de ellos había viajado fuera de la ciudad en fechas recientes y tampoco había movimientos fuertes en sus cuentas bancarias, salvo en la del comerciante y empresario, pero se justificaban con comprobantes fiscales. De lo que no cabía duda, era que uno de los cuatro estaba involucrado con el detenido, acaso, de manera indirecta, y que estuviera actuando en favor de otra persona. De ser así, el primero quedaría descartado, porque una persona con su posición, no se prestaría para cubrir ese tipo de encargos. El mecánico podría descartarse también, ya que un trabajo de esa envergadura no puede ser confiado a un desconocido, por mucho que hubieran tenido un trato cercano como clientes; solo quedaban el estudiante y el secretario del senador.

A los dieciocho años, el nivel de razonamiento apenas está madurando, motivo por el cual, una persona de esa edad es susceptible de aceptar ciertas actividades, aunque esto implique riesgos que, por lo mismo, está dispuesto a correr, al no pensar en la magnitud de sus consecuencias y que, en este caso, solo fuera un conducto para trasmitir los mensajes, ignorando quizás, a que se referían. Pero cuando sabe hasta donde llegaron, se asusta y oculta las evidencias, destruyendo su móvil.

Con el otro sospechoso, es indispensable ser más sutil en la investigación, puesto que se trata de un funcionario de alto nivel y que, a su vez, está subordinado dentro del ámbito político, por lo que es necesario actuar con mucho cuidado. No es recomendable azuzar el avispero, cuando no se está seguro de tener las evidencias que lo justifiquen.

Al finalizar el día, ya se tenía localizado un número de cuenta y un banco donde tenía depositado sus ahorros David Ocejo, derivado de los datos impresos en su identificación oficial. Él seguía fingiendo demencia, pese a que ya había recibido un tratamiento inquisitorio bastante severo, pero la importancia de saber sus datos bancarios era necesaria, puesto que, una persona con esas habilidades, no se mueve sin antes recibir un anticipo y, en efecto, dos semanas atrás, había ingresado a su cuenta el equivalente a cuatrocientos mil dólares. Esa cifra había sido retirada a los dos días, y se pudo constatar la constancia del movimiento. Lo que aún se ignoraba era el depositario, puesto que todos los bancos tienen, de manera obligatoria, que aplicar ciertos protocolos para proporcionar más información de sus clientes.

Mientras bajaba las escaleras del Hotel Royal, pienso si no habré dejado algún cabo suelto y de ser así, ya no había marcha atrás. Hay mucha evidencia de mi presencia y ninguna de mi identidad, pero aminoro la velocidad del descenso, debido a que mi cuerpo empieza a enfriarse y se inician los dolores que dejaron los golpes durante el combate que protagonicé con David. Cuando por fin llego al estacionamiento, entran en él varias patrullas con sirena y luces abiertas por lo que, me tengo que ocultar entre los autos hasta llegar al mío, lo enciendo y salgo sin problema a la calle. Fue una suerte que no acordonaran las salidas por seguridad, porque ya habían avisado que tenían al sospechoso en el tejado.

Ana Lisbeth me observa por la ventana de la sala cuando bajo del coche y me sale al encuentro en el porche.

—Cariño, ¿qué te ha pasado? Estás muy golpeado, vamos, entra a la casa que voy a curarte.

—Tuve un contratiempo, pero con un poco de descanso estaré bien.

—No sin antes me dejes curarte —me dice mientras me conduce al interior—. No me digas que fuiste tú el autor de lo que se comenta en las noticias del atentado al presidente.

—De manera que ya se sabe, que rápido se conocen los acontecimientos en torno al mandatario.

—Lo imaginé cuando dijeron que encontraron al culpable amarrado de pies y manos, dicen que disparó dos veces y no se explican cómo falló en ambas ocasiones, es por eso que supuse que fue obra tuya.

—Ya tienen al autor material, falta saber quién está detrás del homicidio.

—Pero si no lo mató, no hubo homicidio, ¿o sí?

—Desde luego que hubo homicidio en grado de tentativa o frustrado, no sé cómo lo vayan a calificar, pero eso corresponde a las autoridades y tratándose de un mandatario, como intento de magnicidio.

—Se dice también que, por el atentado anterior, al presidente le diagnosticaron diabetes, ¿será eso cierto?

—Puede ser, pero con los recursos con que cuenta, de eso no se va a morir. Lo tendrán controlado. ¿Qué más se sabe?

—Es todo, recién están iniciando las investigaciones.

Después de un lapso, en el que mi esposa me aplica curaciones en silencio, recibo un nuevo mensaje de Z16: «Operación exitosa, procedimiento correcto. Felicitaciones». Me quedo más tranquilo, es señal de que mi precipitada salida del Hotel Royal fue, hasta cierto punto, limpia.

En efecto, después de un largo descanso y con los remedios de Ana Lisbeth, al día siguiente me siento mucho mejor. Tomo el auto y me dirijo al Princess para pagar y recoger mis pertenencias. En la recepción me atiende una dama.

—Buenos días, señor. ¿En qué puedo servirle?

—Buenos días, soy el huésped de la habitación 104 y vengo a efectuar mi *check out.*

—¿Deja el hotel por las molestias de ayer? El ir y venir de las autoridades policíacas a la habitación de un huésped, causo incomodidad a los demás. La gerencia le pide una disculpa y dispone que no se le cobre una noche, deseando que nos permita seguir atendiéndole.

—No se preocupe, salgo porque justo hoy terminé mi gestión en la ciudad.

—Mientras retira sus pertenencias le preparo la cuenta, incluido su consumo en el minibar.

—Pueden pasar conmigo, para que lo verifiquen.

—No es necesario, a diario, se corrobora al reponer lo que haga falta.

—Correcto, no me demoro.

—¿Cuál sería su forma de pago? De cualquier manera, obtendrá el descuento de una noche ordenada por la gerencia.

—Con tarjeta de crédito.

Me dirijo a la habitación y pocos minutos después regreso a efectuar mi pago. Extraigo de mi bolsillo la cartera y le extiendo la tarjeta. Me entrega la cuenta y con una amplia sonrisa me invita:

—Vuelva pronto —me indica la recepcionista cuando le devuelvo la llave.

—No lo dude, muchas gracias.

Salgo del hotel por el estacionamiento, imagino que las autoridades hicieron las labores de investigación en la habitación 108 y de algo más quedo convencido, tampoco en el hotel me relacionan con el otro huésped.

Para Julián Preciado su ingreso al Palacio de Gobierno como el chef encargado de preparar los alimentos del presidente, fue como sacarse el premio mayor de la lotería, puesto que provenía de una familia muy humilde que, con muchos sacrificios, le habían dado la oportunidad de estudiar gastronomía. Era el menor de cuatro hermanos y aunque los otros tenían que trabajar para contribuir al sustento familiar, cuando Julián terminó su formación culinaria, ingresó a un prestigiado restaurante de la ciudad, donde comenzó desde un nivel medio, escalando posiciones conforme pasaba el tiempo.

Además de participar en el mejoramiento económico de sus parientes, ahorró la suficiente plata como para abrir su propio restaurante. Aunque modesto, prosperó, de manera rápida, debido a la excelente preparación de los alimentos con los que consentía a sus clientes y fue ahí, donde conoció al hermano del que al poco tiempo ganó las elecciones presidenciales, quien lo recomendó para que lo contrataran en el palacio.

Al iniciar sus labores como chef, dejó su restaurante a cargo de dos de sus hermanos y se llevó consigo a dos empleados suyos, para que también fueran contratados como ayudantes de cocina.

Ernesto Mora era un joven de veintidós años que pertenecía a la clase media, pero que ingresó a trabajar en el restaurante de Julián Preciado, más que por necesidad, por su afición al arte culinario, pues se percató de que en ese lugar podía aprender a preparar platillos de buena calidad, sin la necesidad de asistir a un centro de gastronomía. Siempre estaba de buen humor y era bastante responsable, cualquiera diría que era mayor a la edad que representaba, por la forma de conducir su trato hacia los demás.

Víctor Castruita era un sobrino lejano de Julián, que había ingresado como empleado al restaurante cuando decidió truncar sus estudios, antes de iniciar su preparación profesional, para ayudar en la manutención de su madre viuda. Tomaba con bastante seriedad su trabajo y aunque un año menor que Ernesto, se comportaba respetuoso con ambos. Los dos se mostraron muy agradecidos y contentos de haber sido escogidos por su patrón para ingresar a trabajar en el Palacio Gubernamental como ayudantes de cocina.

A los cinco días del último atentado, un nuevo suceso sacude las actividades en palacio. Julián Preciado, el chef encargado de preparar los alimentos del mandatario, y uno de sus dos ayudantes, Ernesto Mora, mueren cuando son trasladados al hospital y la razón es que ambos ingirieron alimentos recién preparados para servir al presidente. Al tener la orden de probar todos los alimentos antes de servírselos, la calidad de la materia prima era vigilada con mucho cuidado, por lo que se sospecha que alguno estaba envenenado.

La ingesta de los alimentos de la mañana y de la noche, por lo general, la hacía en la residencia oficial, no así, la de media tarde que, por motivo de labores, por lo regular, la hacía en el Palacio de Gobierno. Desde luego, el ayudante que no falleció, Víctor Castruita, fue detenido de inmediato, como único sospechoso, porque no probó como estaba ordenado. El sospechoso sabía las consecuencias, ya que eran los únicos que tenían injerencia en esa cocina. De cualquier modo, se mandó a analizar a un laboratorio y como resultado, encontraron un alto contenido de tetrodotoxina, que es un poderoso veneno procedente del pulpo azul, localizado en la salsa con la que bañaron el platillo fuerte.

Sin duda esto constituía un tercer atentado del que salía ileso el mandatario, quien manifestó, quizás en broma o pensando que, en realidad, estaba destinado a ser un paladín nacional, que a él lo protegía su pueblo y un ejército de ángeles.

Medio año antes, en la cumbre del partido, existía una grave preocupación por la salud mental del presidente y algunos psicólogos coincidían de que se trataba de un severo trastorno límite de personalidad, con un importante deterioro cognitivo. A este diagnóstico se le adicionaba un trastorno obsesivo compulsivo, que lo incapacitaba para ejercer el mando en el gobierno de la nación. Esta situación ponía en grave peligro, la cada vez menor aceptación del pueblo hacia el partido, pero se resistía, de manera rotunda, a atenderse con los médicos, argumentando que su cerebro funcionaba, de forma perfecta. Ya le habían aconsejado que renunciara a la presidencia para atenderse, pero él los ignoraba y molesto, profería alguna amenaza.

Las alternativas que quedaban eran bastante trágicas, pero necesarias y tendrían que tomarlas si no querían caer en el desprestigio total. De tal manera que, con mucho cuidado, buscaron el contacto adecuado y acordaron los recursos necesarios para poner en marcha el plan concebido.

El contacto los llevó hasta David Ocejo, un connacional que en el país era un desconocido y que recién llegaba a su comunidad natal, después de haber conseguido un buen prestigio como francotirador del Marine Corps en el Golfo Pérsico, pero quien los contactó, se negó, de manera rotunda, a participar en las negociaciones. Para no generar más inconvenientes, decidieron hacerlo ellos mismos.

Al inicio, el hombre pedía un millón de dólares, transferibles a una cuenta en Suiza y en el regateo quedó en ochocientos mil, con un anticipo del cincuenta por ciento, pero a una cuenta dentro del país, ya que no era conveniente sacar ese dinero, para evitar dudosas justificaciones que hicieran pensar que se trataba de un desvío personal.

Quince días después de haber hecho la trasferencia, ya estaba el hombre en la ciudad y dos días después, el desastre total de la opción más segura. Ahora tendrían que aplicar la otra alternativa que les quedaba y era la de sobornar, mediante una fuerte cantidad de dinero, al ayudante de cocina del palacio, para que vertiera en los alimentos una medicina que el presidente se negaba a tomar. Esta maniobra tenía que hacerse en la forma más discreta, para que el mandatario no pensara que lo estaban obligando a medicarse, pero al observar las consecuencias, se asustó tanto que decidió guardar silencio.

Aún estaban acusando este nuevo fracaso, cuando llega el resultado de la petición hecha al banco, lo que causa tanto asombro en las autoridades, como sorpresa e indignación en el Palacio de Gobierno. La cuenta de origen del pago al francotirador estaba a nombre del partido que había llevado a la presidencia al actual mandatario.

Ya no hay duda, el implicado base es Pedro Esquivel, que tiene funciones en el senado y, en consecuencia, el senador Andrade, pero ninguno de los dos tiene injerencia en la cuenta del partido. Sin embargo, el resultado no se hace esperar, Pedro Esquivel es detenido para iniciar su investigación y el senador Alberto Andrade deja, de forma brusca, de asistir a las sesiones en el senado. Al día siguiente, su esposa lo reporta a las autoridades como desaparecido y la noticia da la vuelta al país. El presidente del partido, Moisés Duarte, renuncia a la presidencia y es nombrado para cubrir la titularidad de la embajada de Malasia. Cabe la posibilidad de que haya más implicados, pero Moisés Duarte asumió la responsabilidad aplacando los ánimos en el Palacio de Gobierno.

Me interesa sobremanera el seguimiento en las investigaciones después de la detención de David Ocejo ya que, para mí, no estaba concluida la misión hasta no saber quién, o quiénes, eran los autores intelectuales del atentado del palacio. En cierto modo, no me causa tanta extrañeza el nuevo intento, porque mientras permanezcan en la incertidumbre y libres, los instigadores van a seguir intentándolo. Sin embargo, tanto la organización como yo, sabemos que no tuve participación alguna en este último, aunque las autoridades piensan lo contrario, creen que también intervino un tercero para cambiar el destino.

A pesar de que las medidas que se toman en el Palacio Gubernamental no solo están encaminadas a evitar un daño al mandatario, sino que también tienen que ver con situaciones ajenas, como la calidad de los alimentos. Estas situaciones deben estar en conocimiento, tanto de la organización como de las personas involucradas, como yo, que no solo no sabíamos del protocolo, sino que, nos sentimos asombrados y molestos. Estos inconvenientes podrían dar al traste, con todo nuestro esfuerzo. Comprendimos que suceden acontecimientos que se escapan de nuestro control y eso nos obliga a estar aún más alerta.

Luego, llega la noticia de lo que, para mí, era la conclusión del asunto: el encarcelamiento de un funcionario público que, en definitiva, estaba implicado y la desaparición de un senador, ya sea que se haya fugado o lo hayan ejecutado. A esta situación se le adiciona la renuncia del presidente de partido; todas señales inequívocas de estar llegando a la verdad de lo que está sucediendo, en torno a estos últimos acontecimientos.

Capítulo V

Padres de niños con cáncer

Siempre he considerado que la constante repetición de actos fallidos determina un patrón disuasivo y aún más, porque en cada uno de ellos, los perpetuadores quedaron en prisión, indefendibles por donde quiera que se les vea.

De nuevo, me siento inquieto, ya ha transcurrido algo de tiempo y no he recibido la llamada en el móvil y desde luego, hasta el momento, no se conoce que haya ocurrido otro atentado. Sin embargo, no estoy tranquilo y me atrevo a marcar Q16 en mi móvil con este mensaje: «¿Alguna instrucción?». Enseguida recibo una respuesta: «Mantente alerta, ya te avisaremos».

Pasaron dos días y un suceso alertó al cuartel de inteligencia de Falcón y Asociados: un pequeño niño de apenas seis años, de nombre Alan Gavidia, falleció víctima de una leucemia mieloides. El deceso había sucedido la semana anterior y el niño era el hijo de un ingeniero en robótica y sistemas digitales quien, además de trabajar en una firma de prestigio, como empleado, también dedicaba su tiempo como luchador social en una organización de padres de niños con cáncer. De manera permanente, se manifestaban, sobre todo, en foros donde se presentaba el presidente, para exigir el regreso a los hospitales de los tratamientos para sus hijos. Dado que, los presupuestos gubernamentales destinados para esos efectos habían sido desviados para financiar otros proyectos, nada tenían que ver con la salud de los pequeños.

Después de sepultar a su hijo, la impotencia y la ira hicieron estragos en Roberto Gavidia que se acercó al grupo de padres de niños con cáncer para pedirles que lo apoyaran a emprender medidas drásticas en contra del mandatario, con el argumento de que, bien valía la pena sacrificar una vida culpable, para prolongar la de muchas vidas inocentes. No encontró eco a sus peticiones, así que, si insistía, tendría que luchar solo; de cualquier manera, seguía asistiendo a las actividades del grupo. Otra vez, el sector dedicado a la salud era protagonista en esta incipiente amenaza y no eran los culpables, porque, si no les llegaban los recursos, nada podían hacer.

A mi móvil llegó el mensaje de alerta, de Q16: «Roberto Gavidia, ingeniero en robótica y sistemas digitales, con domicilio en vía lucerna 4748, del barrio la Floresta, empleado en videocontrol de equipos, activista en padres de niños con cáncer, nueva amenaza. Te requerimos infiltración para conocer detalles, ¿aceptas?».

«Acepto», contesto a pesar de no estar dentro de las funciones establecidas cuando nos conocimos. Sin embargo, considero que me mantendrá activo durante algún tiempo y es lo que necesito, de manera urgente. Además, me daría la oportunidad de conocer a fondo mi encargo.

Hacer ruido por las calles, no es algo que se me dé, de forma natural, pero tampoco es algo que se me dificulte, así que los acompaño a todas las manifestaciones que organizan y participo en ellas, con mucho entusiasmo. Soy amigo de todos, pero en especial, de Roberto, con quien me he identificado por sus gustos en la robótica, no en sistemas, sino más bien en la mecánica. Ya me comentó de un proyecto que está desarrollando en el garaje de su casa, no me ha dicho de que se trata, pero me lo imagino, porque en la compañía donde trabaja, es encargado de la aplicación de sistemas para los drones.

La primera vez que me llevó a su casa, fue después de una manifestación a la que asistimos casi todos los miembros del grupo. Yo dejé mi auto en un estacionamiento, para subirme a su vieja combi del año 1991 muy bien cuidada, tanto del motor, como de su carrocería, que contaba solo con asientos delanteros y tapizada en su interior con una alfombra gris rata que la cubría, por completo. Como no tenía ventanas laterales, su exterior era verde pistacho, con crema y es este, el vehículo en el que se mueve para todo.

Tomamos el camino hacia el oriente de la ciudad y por la numeración tan elevada, supuse que la casa quedaba cerca de la salida y, en efecto, casi llegamos a la autopista. Nos detenemos frente a una casa estilo californiana, con un amplio jardín al frente y un camino de piedra hasta el garaje, por el que continuamos y abriéndolo con el control remoto, penetramos hasta el fondo de un amplio espacio de seis metros de profundidad, por diez de ancho. Allí, se encuentran dos mesas de trabajo y las paredes estaban tapizadas de herramientas propias de un buen taller; también había dos monitores y equipo digital, lo que me hizo pensar que se trataba de un local para trabajos más sofisticados que las reparaciones automotrices. Por una puerta que está a nuestra izquierda, entramos a la casa, recorriendo un corto pasillo, que hace conexión con la sala, donde nos encontramos a la esposa de Roberto.

—Él es Iván, ella, mi esposa Gladis —nos presenta colocando una mano sobre su hombro y dándole un beso en la frente, añade—: ¿Te importaría regalarnos una taza de café?

—En seguida les traigo, mucho gusto señor Iván.

—El gusto es mío.

Nos estrechamos las manos e iba a añadir mis condolencias, pero un gesto de Roberto me lo impidió. Al instante, ella se retiró. En efecto, me dio la impresión de que aún no asimilaba los efectos de su pérdida; tenía un rostro de facciones bonitas, pero que reflejaban la gran tristeza que albergaba en su corazón. En una charola trajo dos tazas, una cafetera italiana con el contenido para dos cafés y un recipiente con azúcar en cubitos. Vertió el café en ambas tazas y al retirarse se llevó la cafetera vacía.

—Se queda en su casa. De nuevo, mucho gusto.

—Gracias —respondo y me pongo de pie hasta que desaparece por la puerta.

Conversamos un poco mientras damos pequeños sorbos al café.

—Observé que en la mesa de trabajo tenías una estructura, ¿es parte del proyecto que me decías que tenías en mente?

—Sí, claro. Es un arnés que voy a montar en el auto marca VW y ya estoy terminando un sistema para poderlo mover con un control y con un móvil, de tal manera que, pueda desarrollar labores desde gran distancia, como si estuviera adentro.

—¿Quieres que te ayude?

—De facto, la parte mecánica ya está terminada, solo me falta hacerle unos pequeños ajustes a los sistemas que voy a emplear.

En ese momento consulta su reloj de pulso y desvía la plática.

—Tengo la necesidad de llevar unos documentos al centro y de paso, te dejo en tu casa, ¿nos vamos?

—Claro —nos ponemos de pie y hacemos todo el recorrido que hicimos para llegar, solo que a la inversa.

—No es necesario que me lleves a la casa, recuerda que mi auto está en el estacionamiento del centro.

—Lo digo para ubicar tu domicilio, luego, te llevo a tu auto. Te propongo que, cuando tengamos que asistir a las manifestaciones, venga por ti y no tengas que manejar, todo me queda de paso. ¿Qué te parece?

—Pues si no te incomoda, te tomo la palabra y, de antemano, te lo agradezco.

Lo guío a mi domicilio, que está cerca y seguimos al estacionamiento donde está mi auto y me despido con un apretón de manos. En un principio, pensé que haría uso de un dron para perpetuar el atentado, pero ahora estaba seguro de que utilizaría su propio transporte y el ofrecimiento que recién me proponía, favorecería mucho para los futuros sucesos.

Aún no tengo idea de lo que voy a hacer, pero estar en continuo contacto con el vehículo, a partir de lo que ahora sé, se convirtió en algo de lo que no puedo prescindir. Desde que utilizaba mi auto, llevé una lonchera para poder tomar mis alimentos cuando el plantón se prolongara y lo hacía dentro del vehículo, así que le pedí su autorización por tratarse de uno ajeno, a lo que él me respondió:

—Claro que sí, puedes hacer lo que se te venga en gana, mientras no lo uses como retrete.

Entre risas, me autorizó a almorzar en el auto; casi siempre, la lonchera se quedaba en el vehículo sin que la usara hasta llegar a casa, lo que me dio una idea. Antes de hacer otra cosa, escribo un mensaje a Z16: «15 000 kilos» y en menos de media hora, ya tengo ese dinero en mi cuenta. Compro 350 gramos de C4, que es un explosivo muy potente, pero bastante estable, dos móviles baratos y el resto de los demás materiales, los tengo en casa.

A uno de los móviles lo programo para que timbre solo cuando se marque desde el otro con el número 0908070809 ya que, cuando se activa algún móvil, las compañías de telefonía celular acostumbran a llamar para ofrecer sus paquetes de servicio y sincronizo los dos móviles para que solo se reconozcan el uno al otro. Armo mi pequeña, pero potente bomba y la pongo oculta al fondo de mi lonchera; solo, de vez en cuando, le retiro el móvil para ponerlo a cargar durante la noche.

En una de las veces que pasa por mí, para ir al plantón, me percato de que ya está montado el arnés en el vehículo, lo que me indica que pronto realizará lo que tenga que hacer, pero no me preocupa, porque cuando eso suceda, la lonchera siempre estará dentro. Con el otro móvil, en ocasiones, finjo utilizarlo para hablar con mi esposa, para que él sepa que lo uso, con frecuencia.

El día esperado llega y me percato de ello, porque lleva consigo su equipo modificado de control remoto. Al llegar a un estacionamiento, coloca su auto VW en reversa. Salimos para situarnos una calle abajo, en la parte de atrás de los compañeros, exhibiendo nuestras pancartas. Cuando llega el presidente, dejó su letrero en el suelo, sacó su control y le colocó un móvil, maniobrando con ello. Me doy cuenta de que se levanta la tapa del maletero y que, con seguridad, está alineando los lentes que conforman el visor de la puntería en el momento que marco 0908070809 en mi móvil. Le doy *enter* y al momento en que lo oigo timbrar, una fuerte explosión se escucha en el estacionamiento en una calle arriba.

—Espera cariño, algo grave está sucediendo —digo por el móvil.

Muchos de los presentes se tiran al suelo para protegerse, otros corrimos curiosos al estacionamiento; al pasar por un basurero tiro el móvil que ya no me sirve y que podría comprometerme en un futuro. Nos detuvimos a una prudente distancia, ya que, el vehículo está ardiendo en llamas. Sin embargo, se alcanza a ver que, entre los fierros retorcidos, cuelga inerme una MP 5 calibre 9 milímetros; luego, se escuchan dos estruendos seguidos y se aviva el fuego. Lo más seguro es que el cargador del arma explota, por los cartuchos que se encuentran dentro y el tanque de combustible también lo hace. En ese instante, volteo la cara para ver a Roberto y fingiendo sorpresa le pregunto:

—¿Qué rayos está pasando?

—No lo entiendo, algo salió mal —me contesta mirando incrédulo la escena.

La noticia del atentado ahora sí sale en los reporteros que cubren el evento y, en una de las tomas, alcanzo a distinguir a Roberto y a mí, mirando atónitos para donde estaba el fuego. No hay detenidos o sospechosos y el vehículo, confunde mucho la investigación, ya que, ese modelo de vehículo, todavía sigue circulando dentro de la ciudad, y es usado para el transporte público. Sin embargo, por el número de motor, que se alcanzaba a distinguir, lo mandan a investigar a un despacho gubernamental que lleva el registro de automóviles del país.

Al día siguiente, detienen primero a Roberto, luego, me detienen a mí, pero antes de subirme a la patrulla, me pasan inspección por tacto, en todo mi cuerpo, extrayendo mi cartera y los dos móviles. Requisaron el celular personal que solo contiene datos, conversaciones familiares y mensajes de Roberto para avisarme que pasaba por mí, para acudir a las manifestaciones. El de la organización está limpio ya que, después de recibir o emitir mensajes los borraba, de manera inmediata, y al checar en la nube, nada aparecía, porque no guardaba memoria alguna. Lo mismo debieron haber hecho con Roberto, con quien me encontré en los separos de policía.

—Lamento mucho... —se detiene, porque le hago una seña, poniendo mi pulgar derecho sobre mis labios, ya que, dentro del mismo cubículo, se encuentran otras dos personas que, al menos yo, no conozco.

A media tarde, abren la reja y sacan a Roberto para llevarlo a otro lugar, imagino que van a iniciar los interrogatorios. Me doy cuenta de que estoy en lo cierto, porque después de alrededor de dos horas, me retiran y me conducen al típico cuarto donde solo hay un escritorio y dos sillas, una frente a la otra. Me dejan solo, sentado con la pared más cercana a mi espalda; enseguida, entra una persona vestida de civil que coloca sobre la mesa una carpeta, mis dos móviles y mi billetera y toma asiento.

—Solo tomará un tiempo prudente, Juan García...

—Iván García —lo corrijo y consulta, de inmediato, dentro de la carpeta.

—En efecto, Iván García, ¿sabe por qué está aquí?

—Supongo que por lo del incendio del camión de Roberto Gavidia.

—Entonces, no negará que lo conoce. ¿Desde cuándo conoce a Roberto Gavidia?

—Desde hace cuatro meses.

—¿Dónde y cómo se conocieron?

—Él pertenece a un grupo de padres de niños con cáncer al que me uní como simpatizante y asistí a las manifestaciones. Allí los conocí a todos.

—¿Tiene algún nieto con cáncer?

—No, pero me indigna mucho que esas criaturas estén sufriendo por falta de tratamientos.

—¿Cómo sabían cuándo y cómo reunirse?

—Nos comunicamos vía telefónica.

—¿Por mensajes?

—No, de viva voz, es más confiable cuando escuchas a los compañeros.

—Necesito que me aclare algo, ¿por qué, si desde hace cuatro meses se conocieron, recién hace un mes que él pasa a recogerlo? Este dato surge de los mensajes enviados a su móvil.

—Porque hasta ese entonces no conocíamos nuestros domicilios y él me ofreció pasar por mí, ya que le quedaba de paso.

—¿Cuándo notó el montaje para el arma en su vehículo?

—Nunca lo noté, porque cuando subía la carga, siempre la tapaba con una manta gris.

—¿Cuándo se enteró del atentado?

—Cuando lo pasaron en las noticias.

—Entiendo que fueron de los primeros en llegar al lugar tras la explosión y antes de las otras detonaciones. No me diga que no vio el arma colgando de entre los fierros retorcidos.

—Lo único que vi entonces, fue el camión de mi amigo ardiendo en llamas.

—¿Por qué cree que no le comentó cuáles eran sus planes?

—Porque debía saber que lo podría delatar o cuando menos, intentaría disuadirlo, que es lo que hubiera yo hecho, hasta conseguirlo.

—Con respecto al otro móvil de su propiedad, no tiene registro de que se hayan realizado llamadas. ¿Para qué y cómo lo utiliza?

—Si marcan el número 16 y envían la palabra «instrucciones» se darán cuenta por qué lo traigo.

Así lo hace y veinte segundos después, timbra el móvil con la respuesta.

—Entonces, tu ocupación es ser corredor en la bolsa de valores, ¿no es así?

—En efecto —le respondo y me muestra el contenido del mensaje: «compra todas las acciones que puedas de Tampac Company antes del cierre».

El hombre recoge lo que había llevado y sale del cuarto de interrogación; enseguida, vienen por mí y me conducen a los separos de donde me sacaron. A Roberto lo debieron haber llevado a otro lugar, puesto que ya no lo volví a ver. De una cosa sí estoy muy seguro, nada dijo diferente a lo que yo declaré o que me comprometiera, porque él desconocía los detalles de mi intervención y ninguno de los dos éramos capaces de mentir ante las evidencias.

Dos horas después, llegan, de nuevo, por mí y me conducen a la oficina de un alto funcionario, quien, sin más, me devuelve mis pertenencias con la advertencia de no salir del país. Me aclara que, si tengo que hacerlo, antes debo pasar por su oficina, para dar los pormenores de mi necesidad. Antes de retirarme de la comisaría, me veo tentado a regresar para conocer la suerte de Roberto, pero en seguida recapacito, no hay que patear el avispero, si ya logré evadirlo.

Al igual que Jeremías Lemus, Roberto Gavidia, merecen mis respetos, porque tuvieron el valor y la determinación de cumplir con sus intenciones y que yo, contra mis anteriores deseos, se los había impedido.

Salgo por la puerta grande de la comisaría y en cuanto me siento fuera, marco en mi móvil Q16: «de nuevo, listo para recibir instrucciones» y, acto seguido, me llega la respuesta: «otra vez, misión exitosa».

Las evidencias muestran, otra vez, la participación de un tercero. En esta ocasión, las sospechas se acercaron mucho, pero la organización eliminó la duda, permitiéndome salir ileso y limpio. Sin embargo, el presidente volvió a manifestar, que era un predestinado y que, tanto su pueblo como un ejército de ángeles, lo estaban protegiendo.

Ahora tengo la certeza de que ya se me ubica como la persona que está detrás de los fracasos para eliminar al presidente, pero no pueden comprobar sus sospechas, ya que, cuando me tuvieron a su merced, no encontraron argumentos para tomar mis huellas digitales y poder hacer la comparación.

Capítulo VI

Elecciones

Las elecciones presidenciales se aproximan, de prisa, y los encuestadores dan como favorito al postulado por el partido del presidente, con dieciocho puntos por encima del siguiente. Esta diferencia se mantiene aun cuando la oposición más fuerte ha hecho campañas muy contundentes, tanto en sus propuestas para gobernar, como de desprestigio, al señalar los desaciertos y abusos cometidos por el partido en el poder. Apuestan a que las encuestas no ganan las elecciones, sino que lo hacen los votos emitidos y esto se sabrá después de la contienda.

La popularidad del presidente ha disminuido durante su mandato, motivada por el pésimo conocimiento para gobernar y la imposición de su criterio sobre la razón, pero aún sigue siendo considerable esa popularidad entre ciertas personas de deficiente nivel socioeconómico imperante en el país. Si el abstencionismo manifestado en las elecciones que lo llevaron al poder se repite, tiene asegurado la continuidad de su partido. Es por eso que la oposición le pide a la gente que cumpla con su deber patriótico y salga a la calle a votar. Se sabe, con certeza, que los seguidores de la causa del presidente no aumentarán y, de esa manera, se eliminará la ventaja que, hasta el momento, lleva su partido según las encuestas.

Los debates presidenciales son otros recursos empleados, sobre todo por la oposición, ya que se presentan propuestas de gobierno y, por lo general, se cuestiona al partido oficial si va a dar continuidad a proyectos equivocados durante la gestión. Eso implicaría la aceptación de los errores cometidos y este gobierno, en particular, pretende evitar este tipo de confrontación. En este país, como en muchos otros, no se elige la mejor opción, se vota por el color político, aunque su representante sea un incompetente.

Llega el día señalado para la votación presidencial y, desde muy temprano, los funcionarios de casillas y los representantes de los diferentes partidos, ya están en sus puestos en todo el país y ya había una fila de ciudadanos fuera de los recintos oficiales. A la hora fijada, llega la paquetería de boletas, urnas plegadas y cubículos para hacer secreta la votación, así como las listas de votantes en cada casilla.

Todo seguía igual a las convocatorias anteriores, excepto, por una modalidad de último momento, consistente en que, en lugar de separar a las personas de edad avanzada, para que entraran a votar primero, en todas las casillas del país, llamaron a formar otra fila a todos aquellos que ya tenían sus papeletas, para darles preferencia y se desocuparan rápido. Luego, una persona pasó con cada uno para verificar que, en realidad, trajeran sus boletas y con un marcador negro y grueso, rayaba las mismas para pedirles que la guardaran, de nuevo, y cuando abrieron la puerta, dejaron pasar a dos de la fila nueva, por una de la otra, para respetar la preferencia prometida.

Algunas personas grababan con sus móviles esta acción y los «rayadores» se dejaban grabar gustosos, puesto que, lejos de constituir un delito electoral, por llevarse fuera del recinto, sí se evidenciaba la venta de votos. En ella los votantes, una vez dentro del cubículo, debían guardar las boletas que les entregaban y depositar en la urna, las que ya traían, para que, de esta manera, pudieran cobrar, entregando las boletas sin tachar.

En muchas casillas del país, se agotaron las boletas antes del cierre, lo cual era lógico, considerando que los que vendieron su voto, se llevaban sus boletas, sin depositarlas en las urnas.

A diferencia de anteriores elecciones, el abstencionismo pasó del sesenta por ciento a solo un veintiocho por ciento y esto también influyó para la carencia de boletas, porque si bien, se imprimieron las suficientes, hay que considerar que, hubo una fuerte sustracción del lugar donde las tenían en bodega, antes de distribuirlas a cada casilla.

La novedad presentada en esta elección tuvo sus consecuencias, dado que, en el recuento de votos, todas las boletas marcadas quedaron anuladas y ningún partido se opuso a esta medida, aun cuando hubo muchas impugnaciones. Ni una se refería a este asunto. Al final, la oposición más fuerte logró el treinta y ocho por ciento; el partido del presidente obtuvo el veintiuno por ciento, los votos anulados el diecisiete por ciento y el resto, estuvieron repartidos entre los otros tres, más un independiente.

Las impugnaciones presentadas no lograron cambiar las cifras resultantes, por lo que el relevo correspondiente, traería consigo la alternancia en el poder, teniéndose tres meses, para que dicho evento se lleve a cabo. En este tiempo el presidente intentó, por decreto, revertir los acontecimientos, incluso anular las elecciones, argumentando el fraude por la venta de votos, delito que no logró ser consumado, gracias a la oportuna maniobra fuera de las casillas, pero cuando ya se tiene un presidente electo, cuentan más las disposiciones de este, que las del que ya está de salida.

En el despacho de abogados de Falcón y Asociados creció, de manera veloz, el ritmo de las actividades. Por un lado, la atención que debían darle a sus clientes asiduos y, por otro lado, debían gestionar la presentación y el seguimiento que correspondían a las diferentes denuncias que estaban presentando, ante las autoridades locales y ante la Corte Penal Internacional contra el presidente. Se le acusaba de cincuenta y ocho delitos graves, cometidos por él durante su gestión y, todos muy bien, documentados, más los testimoniales que, conforme se fueran desarrollando los acontecimientos, serían presentados, si hubiera necesidad de ello.

Los delitos denunciados ante el Tribunal Internacional de Justicia fueron: genocidio, que consiste en la destrucción intencional de un pueblo (grupo étnico, nacional, racial o religioso), en su totalidad o en parte; lesa humanidad, entendida como el acto inhumano que causa graves sufrimientos y atentados contra la integridad física o mental de las personas y, agresión, que es el ataque provocado, producto de la práctica o hábito de ser agresivo. En definitiva, son conductas hostiles o destructivas para provocar un daño a otro; estos tres delitos, se darán a conocer en cuanto se ejecute la orden de aprehensión o de arresto. Esta orden solo podrá ser ejercida por la autoridad local del país donde se encuentre el acusado, a solicitud de la Interpol, la Organización Internacional de Policía Criminal, fundada en el año 1923 y con sede en Lyon, desde1989.

Los otros cincuenta y un delitos son denunciados ante el Tribunal de Justicia de la Nación, y van desde robo a las arcas nacionales, fraudes, expropiaciones infundadas, homicidios, manejo inadecuado de crisis sanitarias, desvío de fondos para programas inexistentes y de recursos económicos de la nación para la adquisición de propiedades en el extranjero a nombre de terceros. También se incluye la derivación de fondos nacionales para pagos de obras programados a empresas inexistentes, asociación delictuosa y participación activa dentro del crimen organizado, para producir, introducir y comercializar con estupefacientes, quebranto a las leyes, violación a la constitución y otros más, algunos confesos, pero todos, muy bien documentados.

Por si fuera poco, también en los Estados Unidos de América se está levantando la mano para solicitar su aprehensión, con fines de extradición, por apoyos políticos y participación en homicidios masivos, así como por la asociación con la delincuencia perpetuados a través de la introducción y comercialización, en forma ilegal, de sustancias letales a su país.

El presidente electo se toma su tiempo y, poco a poco, va seleccionando su gabinete, buscando a los mejores hombres para cada cargo y conforme los nombra y oficializa, les ordena que den comienzo las labores para su transición, recomendándoles que dejen bien asentado en actas, las anomalías que encuentren y que no den por hecho que, quienes entregan, prometen solventarlas. Esto tiene como consecuencia un inesperado revés para el presidente: su equipo de trabajo comienza a darle la espalda, porque, en su afán por minimizar sus responsabilidades, lo culpan de sus desaciertos y, de manera paulatina, lo van dejando solo con toda la carga. Es el precio que tiene que pagar su exceso de soberbia, puesto que nunca los escuchó, cuando lo aconsejaban.

Se entera de las denuncias que hay en su contra y busca primero, negociar con el presidente electo, pero él ya nada puede hacer, porque son otras entidades los que las promovieron. Por el momento, sabe que no va a ser molestado porque, mientras aún sea gobernante, goza de inmunidad, pero tiene que prepararse para cuando entregue el cargo y pretende ampararse. Sin embargo, ningún juez se lo concede y ese es otro costo que se ganó por sí solo, ya que no le perdonan que los hubiera insultado, de forma pública, en varias ocasiones, cuando los llamó cobardes, inútiles y serviles.

Buscó a sus amigos y se dio cuenta de que ya no contaba con ellos; su familia, lejos de ser una ayuda, se convirtió en una carga, al darse cuenta de que ya no podía protegerla. Intentó confundir a las autoridades señalando cuatro países como posibles destinos al comprar pasajes aéreos: uno a Europa, dos a África y el otro a América. El asilo político, no lo podía solicitar, puesto que no era un perseguido por su situación política, menos aún, cuando seguía fungiendo como mandatario. En esos tres meses, ya había sufrido un infarto cardíaco, del que lo sacaron los médicos que, casi estaban, de forma permanente, en la residencia oficial y seguían luchando contra la diabetes que se le había desarrollado un año antes, cuando sufrió el primer atentado.

Tres días antes de entregar su mandato, el aún presidente, lucía muy descompuesto; un hombre que había sido el más poderoso del país y que se había destacado por su tiranía y arrogancia, que compraba voluntades, que imponía su criterio por encima de la ley, que violó la constitución a su antojo, que creyó que el país era de su propiedad, que lo dividió, en lo ideológico, radicalizándolo en cada una de sus partes, que fue rencoroso y vengativo, que lo saqueó, que le mintió, que lo humilló y que, al final, lo mató, metiéndolo a la pobreza extrema. Ese hombre que se creyó el redentor del país y que, al final, se quedó sin que hubiera alguien que le tendiera la mano, alguien que le dijera: «me ayudaste ayer, hoy me toca a mí tenderte un mano».

Entregó el poder y distinguió una pequeña luz al final del camino, la embajada de Argelia le abrió sus puertas y, como pudo, las cruzó. Al final, y a último momento, sintió que había librado la batalla; a los dos días fueron arrestados tres funcionarios de su gabinete, un hijo, de su esposa, su hija y su yerno, se desconocía su paradero, nada se sabía. Se pensó que habían salido del país, quizás antes de la entrega. No hubo la típica cacería de brujas, porque el gobierno entrante, nada tuvo que ver con las denuncias. Sin embargo, algo tendría que pasar, cuando se deslindaran las responsabilidades que, con seguridad, saldrían a la luz, como consecuencia de las actas de entrega de recepción de los diferentes cargos de ambos gabinetes, en las que, los políticos entrantes dejaron constancia de las anomalías encontradas y recibieron sus cargos bajo protesta de ley.

Nunca se había vivido en el país, situaciones semejantes; esto rebasaba en mucho a todas las demás entregas de poder. Lo que estaba sucediendo era que una sola persona, provocó la ira incontenible de más del cincuenta por ciento de la población y no solo hacia el presidente, también contra aquellos que, desde sus curules, aplaudieron y aprobaron todos sus caprichos y ocurrencias. La otra minoría, la que, teniendo patria, no les importa que la hagan pedazos, siempre va a estar con los que les arrojan migajas, sin darse cuenta que esas migajas salen de los bolsillos de todos los connacionales.

Capítulo VII

Acuerdos y compromisos

Pasadas las elecciones, cuando casi mi compromiso laboral concluiría, puesto que a nadie le interesará atentar contra la vida del presidente, máxime que su partido no ganó en las urnas y que aún faltaban noventa días de su mandato, no recibo mensaje alguno, por eso decido esperar sin preguntar.

El contenido de los noticiarios es solo acerca de las elecciones y si antes veía el noticiero de la noche para conciliar el sueño, ahora también me interesa enterarme de lo que suceda, ya que, de una forma modesta y poco relevante, me tocó participar en el desenlace. Me entero de las impugnaciones presentadas por varios partidos y de cómo casi todas fueron desechadas; las pocas que quedaron, solo podían calificarse como faltas, que nada tenían que ver con lo electoral. Algún noticiero mencionó sobre una maniobra para eliminar todos los votos que se emitieron por la venta; se habló sobre muchas personas que no pudieron cobrar y otras que se quedaron sin poder adquirir la nacionalidad prometida.

Esta mañana, tomo mi desayuno y estoy por dirigirme al gimnasio, pero como ya es costumbre, reviso primero el buzón. Por lo general, permanece vacío, pero hoy sí había un sobre dirigido a mi nombre y al observar el remitente, me percato que el bufete jurídico Falcón y Asociados tiene un interés sobre mi persona.

Tengo conocimiento que las autoridades que me detuvieron, ya no me requieren. A no ser que estos abogados se hayan enterado de algo y me quieran ofrecer sus servicios. No me asusto, pero sí me inquieto; entro a la casa y enseguida rasgo el sobre por uno de sus extremos. Los primeros párrafos son una amplia descripción de la empresa y sus alcances nacionales e internacionales y, después, me piden que acuda a sus instalaciones en horario laborable del día que yo elija. La misiva está firmada por el licenciado y maestro Daniel Falcón.

Aunque se me indica que acuda el día que yo elija, prefiero hacerlo cuanto antes, así que solo me entretengo para cambiar mi vestimenta de deportes por un traje de color azul obscuro y salgo con destino hacia el centro de la ciudad. Conozco el lugar y llego, de inmediato, al amplio estacionamiento del bufete Falcón y Asociados.

Me sorprende ver un verdadero desfile de portafolios cuando cruzo el umbral de las instalaciones, son muchas las personas que entran y salen. Hago fila frente a un módulo de recepción, atendido por dos edecanes que, en forma expedita, hacen un registro en sus computadoras y dan la instrucción pertinente, ambas con un impecable uniforme, como el de las azafatas de vuelo en las aerolíneas.

—Buenos días, caballero —me dice la joven dama, a quien le correspondía atenderme—. Me proporciona su nombre y ¿a qué área se dirige?

—Iván García y tengo una cita, no sé con quién, según un documento firmado que tengo en mi poder, con el licenciado Falcón.

Acciona sobre su computador y le indica a un joven que permanecía fuera del módulo:

—Lleve al caballero hasta el despacho del director general —luego, se dirige a mí—tenga la bondad de seguirlo.

Pasamos junto a una banda de revisión por rayos X y, a través, de un arco detector de metales. Más adelante una puerta de cristal, que se deslizó de manera automática, a nuestra llegada, desemboca en un largo recorrido por los salones hasta que, al parecer, nos paramos frente a nuestro destino.

—Ya se encuentra aquí el señor García... enseguida lo hago pasar.

Escucho que la secretaria me presenta y me acompaña hasta la puerta abriéndola, la cruzo y al fondo, de pie, el elegante licenciado Falcón me hace un ademán con las manos invitándome a sentarme en uno de los cómodos sillones de piel. Al estrechar mi diestra me habla con semblante festivo:

—Buenos días, señor Iván García o ¿prefieres que te llame 78?

—Buenos días.

Me sobresalto al percatarme del lugar donde me encuentro y así, tan de golpe, me vienen sensaciones de asombro y agrado.

—¿Es con ustedes con quienes he estado trabajando durante un año y medio, sin saberlo? ¡Valla sorpresa!

—desarrollamos varias actividades que, en el caso de nuestra relación, se compaginan entre sí y de las que estamos más que satisfechos por este trabajo en equipo.

—Me siento muy honrado por toda la confianza que depositaron en mí y al mismo tiempo, agradecido porque, aunque actué solo, siempre me sentí acompañado.

—El honor y el agradecimiento es mutuo. Como te expresé, la satisfacción y el éxito de nuestra misión, en gran medida, se debe a tu empeño y dedicación.

—Me da la impresión de que esta plática nos conduce a una acordada despedida.

—Por el contrario, cumpliendo con una promesa que pactamos desde nuestro primer contacto, estamos con la mejor disposición para que te integres con nosotros de forma permanente. Así que puedes elegir en donde te sientas más cómodo, por un lado, está el área jurídica con dos asuntos, uno penal y el otro mercantil. El área de la ONG que trabaja para vigilar que se cumpla con los derechos humanos y que tiene, también, dos asuntos, uno en la calle, como recolectores de información, del que estarías a cargo y el otro, dentro del cuarto secreto de proceso y análisis de la información. Piénsalo.

—Antes de darte una respuesta quiero pedirte un favor.

—Tú dirás, siempre que esté en mi mano, lo puedes dar por hecho.

—Quisiera que representaras, para su defensa, a tres personas que están en prisión y que, en cierta forma, nosotros contribuimos para que estuvieran ahí.

—Pongo mi atención, dime quiénes son.

—Jeremías Lemus, Pedro Esquivel Valle y Roberto Gavidia; quienes, a mi manera de ver las cosas, primero fueron víctimas y no consiguieron ser victimarios, porque nosotros lo impedimos. Supongo que podrías sacarlos sin problemas.

—Está por descontado, desde este momento nos ponemos a trabajar y créeme que no descansaremos hasta que logremos liberarlos.

—En cuanto al otro asunto que dejamos pendiente, recuerdo que, cuando establecimos contacto se me dijo: «puedes marcar ahora, para que sepan que aceptas o devolver el móvil sin consecuencias» y en este momento he decidido entregarte el móvil, con la esperanza de que me permitas dejarme ver por aquí de vez en cuando. Creo que ambos nos merecemos compartir una taza de café y algo de charla, ¿no crees?

—Me dará mucho gusto tenerte por aquí cuando tú lo desees.

Mientras me despedía me estrechó su mano a modo de despedida, mientras me acompaña a la puerta. Di tres pasos fuera de ella, cuando me doy vuelta y lo interrogo:

—Perdona, ¿cuál es tu número? Y ambos sonreímos ante la ocurrencia.

Capítulo VIII

Juicios

En la embajada de Argelia, cuatro meses después del arribo del expresidente, se sentía abrumado por la inactividad, el consumo de alimentos a los que no estaba acostumbrado, las noticias de gente cercana a él, las novedades sobre las detenciones que se venían realizando, las expresiones de aborrecimiento que circulaban en torno a su persona y el intento de llenar los espacios tan amplios de tiempo, sin encontrar algo con que justificar su miserable existencia. Estas circunstancias lo sumieron en una muy grave depresión; su salud comenzó a empeorar, de tal manera que, hizo crisis y cayó en estado de coma. Por esta razón, lo internaron en un hospital, donde quedó en calidad de paciente para unos y de detenido, a cargo de las autoridades policiacas que, de manera inmediata, destinaron su vigilancia permanente. Once días después salió del coma y su recuperación fue, un tanto rápida, pero su desencanto vino cuando se dio cuenta de que estaba a merced de la justicia que tanto desdeñó.

Por un lado, estaba la solicitud de la Interpol, para ser juzgado por la Corte Penal Internacional, por tres, de los cuatro delitos que le correspondían a ese tribunal. Por genocidio al permitir y ser responsable de miles de muertes de conciudadanos, por el pésimo manejo de una pandemia en su país, así como por la maniobra de establecer vínculos y negociar con el terrorismo. Por lesa humanidad, al dividir y fomentar sentimientos de odio y violencia entre grupos antagónicos de conciudadanos y miembros de instituciones políticas y por el uso de la fuerza pública para la persecución, encarcelamiento y muerte de sus gobernados, así como la suspensión de tratamientos y medicamentos para niños con cáncer. Y, por último, por agresión por una serie de conductas hostiles y destructivas contra la fauna y flora al destruir, de manera deliberada, las fuentes naturales de subsistencia en el sistema ambiental mundial, en áreas protegidas como las reservas ecológicas.

También el Departamento de Justicia de los Estados Unidos de América, solicita la aprehensión y extradición por la asociación, protección y participación con la delincuencia para introducir, distribuir y comercializar con sustancias letales dentro de ese país.

Cincuenta y un delitos son denunciados al Tribunal de Justicia de la Nación que van desde robo a las arcas nacionales, fraudes, expropiaciones infundadas, homicidios, manejo inadecuado de crisis sanitarias, desvió de fondos para programas inexistentes y de recursos económicos de la nación para la adquisición de propiedades en el extranjero a nombre de terceros, desviación de fondos nacionales para pagos de obras programados a empresas inexistentes, asociación delictuosa y participación activa dentro del crimen organizado, para producir, introducir y comercializar con estupefacientes, quebranto a las leyes, violación a la constitución, homicidio, uso de los recursos del poder para agredir, insultar y amenazar. Algunos fueron confesos con cinismo, ante los medios de comunicación, pero todos muy bien documentados y cometidos durante su periodo en funciones como mandatario constitucional del país.

Cuando lo dan de alta y sale del hospital, sus custodios se comunican por radio para pedir su traslado al reclusorio de la ciudad. A partir de este momento se da inicio a su debido proceso, donde el juez le determina la negativa a su solicitud de fianza y arresto domiciliario, dando lectura a los cincuenta y un delitos por los que será juzgado. Él los escucha sin mostrar asombro; más bien, se sabe resignado y que ya está acabado.

Los abogados que el despacho Falcón y Asociados se dedican a preparar la defensa de Jeremías Lemus, Pedro Esquivel y Roberto Gavidia y ya están muy avanzados en sus gestiones. Cuando el expresidente ingresa al mismo penal y temiendo que sus defendidos, sobre todo, Jeremías y Roberto, pudieran emprender alguna acción en su contra, los abogados intentan disuadirlos:

—Es importante y necesario que se mantengan al margen —les dice el licenciado Villaseñor.

—No puedo renunciar ahora que lo vuelvo a tener frente a mí —le objeta Jeremías.

—Ni yo, fue una promesa que formulé en la tumba de mi hijo y pienso cumplirla...

—Los trámites para que ustedes obtengan su libertad están muy avanzados y cualquier acción que ustedes emprendan, daría al traste con lo que ya se ha logrado.

—Él podría ver de nuevo a su esposa, pero yo, no tengo a nadie afuera de la prisión, ya no tengo la necesidad de salir, ni algo que perder.

—Sin embargo, dándole muerte, le harían un favor. Él tiene que pagar por lo que les hizo a ustedes y no solo a ustedes, sino a toda la nación. Le esperan muchos años sufriendo su condena, mientras esté encerrado, tendrá su infierno y ustedes dejarán esta cárcel para rehacer su vida. Deben sentirse satisfechos, otros están haciendo justicia también por ustedes.

—Tiene razón licenciado —exclamó Roberto— procuraré contenerme.

—Yo no sé si pueda, pero también prometo que lo intentaré.

Por su parte, el licenciado Falcón, sugirió al director del penal que cambiara de ala al nuevo preso con el fin de evitar un encuentro con sus defendidos.

El juicio al expresidente comienza en forma presencial y abierto al público, aun cuando, son pocas las personas que caben en la sala y que pueden saber, de primera mano, el desarrollo de las audiencias. Las noticias de lo que sucede en el recinto judicial interesan a nivel mundial y son muchos los gobiernos que piden al país benevolencia e, incluso, amnistía. Otros, en cambio, que se aplique todo el peso de la ley, acorde al comportamiento que se observó durante su mandato.

En cincuenta y dos días que duró el tiempo de alegatos, la sentencia fue de treinta y ocho años, siete meses y cuatro días que tendrá que cumplir por veintinueve delitos. En catorce denuncias, ese juzgado se declaró incompetente, para que fuera procesado por otro juez en materia mercantil y ocho delitos quedaron desestimados. Además, se ordenó la incautación de todos los bienes adquiridos para sí y para terceras personas, en el país y en el extranjero, durante el ejercicio de sus funciones y el congelamiento de todas sus cuentas bancarias, con el fin de garantizar y aplicar, hasta donde sea posible, el resarcimiento del daño económico detectado durante el juicio.

Por la notoria importancia de este caso en particular, el juicio se llevó a cabo de manera presencial y en forma expedita, convirtiéndose en el juicio más corto en la historia de este país, por lo que casi a diario, el detenido era presentado en las audiencias y alegatos.

A los tres días de dictada la sentencia, llegó la orden de traslado a otro penal para el cumplimiento de la totalidad de la pena sin posibilidades de reducción. Además, allí se llevaría a cabo el otro juicio por los catorce delitos que quedaron pendientes. Sin embargo, el traslado quedo, por el momento, suspendido porque justo ese día, sufrió otro atentado dentro del penal.

A las seis horas con diecisiete minutos, cuando salieron los demás convictos de las duchas comunitarias, solo quedó él, sentado sobre un charco de sangre con la mano derecha tapando las heridas de su vientre sobre el lado izquierdo. Otro preso, nunca se supo quién, pretendió clavarle en repetidas ocasiones un cepillo dental con la punta afilada, pero solo consiguió hacerlo en dos oportunidades, ya que el cepillo se rompió en la segunda estocada.

Los custodios de inmediato lo levantaron conduciéndolo a la enfermería donde, después de una rápida intervención, quedó convaleciente por dos semanas. Para su fortuna, una parte del cepillo quedó taponando la segunda herida, evitando así, que muriera desangrado.

A la llegada al otro penal, después de dos semanas de retraso, se le aplicó el mismo procedimiento que se aplica a los demás: primero se le entregó una muda del uniforme que incluía ropa interior y zapatos con elástico, en lugar de cintillas. Se le pidió que entregara la totalidad de la ropa que llevaba puesta, que era el uniforme del reclusorio anterior. Además, se le solicitó que entrara al baño para que se diera un regaderazo y saliera portando el nuevo uniforme. Luego, lo condujeron a la enfermería para un chequeo general; al salir, se lo trasladó a un módulo para la toma de una fotografía y la impresión de huellas dactilares. Le entregaron el resto del uniforme, un cobertor y un pequeño cuadernillo, donde estaban escritas las reglas de comportamiento dentro del penal y, por último, lo condujeron al apéndice del ala C, que constaba de diez celdas, para ser ocupadas por los que, por razones de seguridad, no podrían mezclarse con los demás internos.

El resto de la población penitenciaria se enteró, desde un principio, de la identidad del nuevo recluso y hacían bromas y burla en torno a su persona.

A través de la prensa, me he venido enterando de todos los acontecimientos relacionados con el expresidente. Ahora, se dio a conocer la sentencia, en la que, su defensa, no se atrevió a solicitar la apelación, por temor a que otra instancia, lejos de reducirla, la aumentara. Ya se sentían afortunados al obtenerla muy por debajo de lo que se imaginaban.

En particular, me siento en la necesidad de comentar esta situación con alguien diferente a Ana Lisbeth, y pienso que esa persona sería Daniel Falcón. También para celebrarlo, ya que ambos fuimos partícipes para que se lograra este desenlace.

Esta era mi quinta visita a Falcón y Asociados y como en las anteriores, fui recibido con entusiasmo por Daniel y, en esta ocasión, brindamos con una reserva de coñac que guardaba en su cava. Me enteré de que los juicios de Jeremías Lemus, Pedro Esquivel y Roberto Gavidia, aún continuaban, pero que ya se había logrado un fuerte avance. No eran presenciales y, por lo tanto, los alegatos se llevaban a cabo a través de oficios y careos.

El primero en salir de prisión fue Pedro Esquivel al año y un mes de su reclusión; cinco días después, Jeremías Lemus y Roberto Gavidia, quedando los tres en la nómina de Falcón y Asociados. Jeremías, en cuanto pudo, corrió a visitar a sus amigos de la gasolinera, al único que no encontró fue a Hugo, pero a Jonás e Hilda sí, quienes se alegraron por el nuevo trabajo que tenía su amigo.

Roberto hizo lo mismo, y el encuentro con Gladis fue muy emotivo, dejó de participar en la organización de niños con cáncer y al día siguiente de su liberación, recibió la visita de su amigo Iván García, sin saber nunca los motivos de su relación.

Lecturas Recomendadas

Viveza nuestra, Larry Garin

www.ingramcontent.com/pod-product-compliance
Lightning Source LLC
LaVergne TN
LVHW091120150826
845673LV00002B/910
9786125142900